Der Herr der Ringe™

# GOLLUM

## AUF DIE LEINWAND GEZAUBERT

ANDY SERKIS

## Danksagungen

Dieses Buch ist in ewiger Liebe Lorraine, Ruby und Sonny gewidmet, weil sie so viel Geduld mit ihrem Gatten und Vater hatten, der über vier Jahre lang immer wieder auf der anderen Seite der Erdkugel war und dort herumkroch und albern redete, lange nachdem der Reiz des Neuen wohl schon verflogen war.

Ich möchte das Buch auch Billy und Katie Jackson, Alexandra und Elizabeth Astin, Phoebe und Callum Boyens, Henry Mortensen, Samuel Taylor, Niamh Ward, Eliza Till und *allen* „Kindern der Ringe“ widmen, die einen Großteil ihres Lebens (in einigen Fällen sogar ihr ganzes) damit verbrachten, heranzuwachsen, während ihre Eltern von dieser phänomenalen filmischen Erfahrung aufgezehrt wurden.

Schließlich ist dieses Buch all jenen gewidmet, die einsam in einer dunklen Höhle leben oder gelebt haben, entweder von einer unheilbaren Besessenheit getrieben oder machtlos, ihr Leben zu ändern, „sich selbst zu lieben und zu hassen“ wie Gollum.

Klett-Cotta
Die Originalausgabe erschien unter dem Titel „The Lord of the Rings. Gollum. How we made movie magic“ bei Collins, London



„Der Herr der Ringe. Gollum“ ist ein Buch zum Film, von der Tolkien Estate zwar genehmigt, jedoch nicht befürwortet. Dialogzitate sind dem Film entnommen, nicht dem Roman.

„The Lord of the Rings“ und seine Einzelbände „The Fellowship of the Ring“, „The Two Towers“ und „The Return of the King“ erscheinen bei HarperCollins*Publishers*. Under license from The Trustees of the J. R. R. Tolkien 1967 Settlement

Die deutsche Ausgabe „Der Herr der Ringe“ und seine Einzelbände „Die Gefährten“, „Die zwei Türme“ und „Die Wiederkehr des Königs“ erscheinen im Verlag Klett-Cotta

Satz des deutschen Textes: Offizin Wissenbach, Höchberg bei Würzburg
Gedruckt und gebunden bei Scotprint in Schottland
Printed in Scotland

ISBN 3-608-93598-3
www.hobbitpresse.de

DER HERR DER RINGE™

# GOLLUM

## AUF DIE LEINWAND GEZAUBERT

ANDY SERKIS

Mit Beiträgen von Gary Russell

Klett-Cotta

# *Inhalt*

## EINLEITUNG

# *Um mit dem Anfang zu beginnen …*

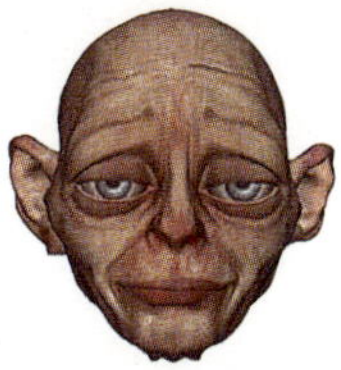

Ich bin auf dem Weg nach Neuseeland, um die Postproduktion von der *Rückkehr des Königs* abzuschließen. Schon seit fast fünf Jahren beschäftigt mich dieser mächtige Berg von einem Film, und ich mache mir ernstlich Sorgen, daß die lebhaften Erinnerungen, von denen ich glaubte, sie würden mich nie verlassen, anfangen, sich in historischem Dunkel zu verlieren. Ich bin sicher, manche Ereignisse werden in der Erinnerung übermäßig groß, während andere allmählich verschwimmen.

Ich hatte mir vorgenommen, den Schöpfungsprozeß der Leinwandfigur Gollum nachzuzeichnen, denn vom ersten Augenblick an, als ich anfing, sie zu enträtseln, spürte ich, es würde eine äußerst ungewöhnliche schauspielerische Herausforderung sein. Ich habe wirklich keine Schwäche für Memoiren von Schauspielern, da sie oft zur Selbsterhöhung neigen und Minderwertigkeitsgefühle erzeugen. Aber Fran Walsh, die eine der wichtigsten Personen bei der Entwicklung Gollums werden sollte, regte eines Tages während der Motion-Capture-Aufnahmen für *Die zwei Türme* an, ich solle meine Eindrücke notieren. Da wurde mir allmählich klar, daß sich die Welt dramatisch verändert hatte, seit wir 1999 mit der Filmarbeit begonnen hatten, und damit im Lauf der Jahre auch die Wahrnehmung der Gollum-Figur.

Dieser Bericht, wie wir Tolkiens Gollum aus dem Buch geholt und auf die Leinwand gebracht haben, ist zum größten Teil meine persönliche Geschichte, die Erfahrungen eines Schauspielers. Natürlich, Gollum ist von einem Heer außerordentlich begabter Künstler, Animatoren, Techniker, Schauspielerkollegen, großer Drehbuchautoren und von einem genialischen Regisseur geschaffen worden, und sie haben alle ihre eigene Vorstellung, wie man eine so wunderbare literarische Schöpfung zum Leben erwecken kann. Sie alle werden in den Interviews, die Gary Russell gemacht hat, zu Wort kommen. Aber eines ist sicher: jeder von ihnen könnte seine eigene Gollum-Geschichte schreiben. In einer Zeit, in der zunehmend mit Computertechnologie gearbeitet wird, dokumentiert dieses Buch die Pionierleistung, „ihn“ ganz und gar lebensecht gemacht zu haben. Ich hatte das Privileg, mit den auf ihrem Gebiet Größten zu arbeiten, habe wunderbare Freunde gefunden, und Gollum gehört uns allen.

Wir sehen uns am Schicksalsberg … mein Schatzzz!

*Andy Serkis*
*Juni 2003*

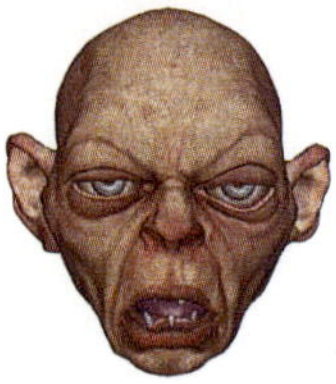

KAPITEL EINS

# „Er ist mein. Mein. Er ist zu mir gekommen!“

Die Januarsonne schien über Hackney, East London, und tat ihr Bestes, mich von meiner Ungeduld abzulenken, während ich neben dem Telefon wartete. Am Tag zuvor hatte ich für die Rolle des Bill Sykes in Alan Bleasedales neuer Bearbeitung von Dickens' *Oliver Twist* vorgesprochen. Es war eine Rolle, von der ich glaubte, sie sei mir auf den Leib geschrieben, aber ich wußte, ich hatte alles vermasselt, und wollte unbedingt versuchen, daß man mir eine zweite Chance gab. Ich war so voller Mordgedanken wie Sykes selbst. Das Telefon klingelte, und ich flitzte in die Küche, daß unsere drei Katzen in alle Richtungen davonstoben.

„Hallo?“

„Hallo, Andy, ich bin's, Michael Duff. Ich weiß nicht, ob dich das interessiert. Es ist ein bißchen merkwürdig.“

„Ja?“

„Ja, also, die Hubbards casten doch gerade diesen Film, *Der Herr der Ringe*. Und die Dreharbeiten fangen im Herbst in Neuseeland an.“

„Ach ja?“

„Ja. Also. Die Sache ist folgende – ich weiß nicht genau, was sie meinen, aber sie wollen, daß du für eine animierte Figur vorsprichst. Vermutlich ein Job von drei Wochen oder so.“

„Oh … okay …“ Die Begeisterung wich aus meiner Stimme. *Typisch,* dachte ich in bester selbstquälerischer Schauspielermanier. *Gibt's denn keine richtigen Rollen? Ich meine, da müssen doch jede Menge Figuren vorkommen.*

„Hast du das Buch gelesen?“ fragte Michael. Offenbar teilt sich die Welt in die, die es gelesen haben, und die, die es nicht gelesen haben.

„Nein“, antwortete ich und enthüllte damit meine Unkenntnis großer Literatur und fügte dann ziemlich kläglich an: „Ich hab den *Hobbit* gelesen, als ich in der Schule war.“

„Gut. Also, sie wollen dich für den Gollum haben.“

Gollum … *Gollum*. Der Name beschwor eine ferne Erinnerung: Ich war ungefähr acht Jahre alt, auf dem Weg zur Schule, saß im 273er Bus und las ein Buch mit einem Drachen auf dem Umschlag und einem Bild von einer Höhle mit einer widerlichen Gestalt.

Mitten in meinen Tagträumen ging die Haustür auf, und Lorraine, meine damalige Lebensgefährtin und heutige Frau, kam mit unserer vier Monate alten Tochter Ruby herein.

„Was Neues?“ sagte sie und nahm ein paar Einkaufstüten von den Griffen des Baby-Buggy, in dem Ruby schlief.

„Michael hat gerade angerufen und –"

„Ja?"

„Ich soll vorsprechen, aber nur für die Stimme von einer Figur, diesen Gollum aus dem *Herrn der* –"

„WOW! Andy, das ist toll!"

„Hast du's gelesen?" fragte ich etwas lahm.

„Na klar, das ist einfach toll, und Gollum! Er ist großartig, er versucht, den Ring zu kriegen, und er tut einem so leid, und er nennt ihn ... mein ... mein ... Schatz, und ... das mußt du doch gelesen haben!"

„Ähm ... nein. Ich mein ... Ich hab den *Hobbit* gelesen, als ich in der Schule war."

„Andy, du mußt die Rolle kriegen."

So fing das alles an ... Genauso, aus heiterem Himmel.

Ich hatte ein paar Tage, um mich vorzubereiten. Und gerade jetzt riefen sie mich an, ich solle noch einmal für die Rolle des Bill Sykes vorsprechen, und so hatte ich plötzlich die Möglichkeit, eventuell zwei unglaubliche Rollen der englischen Literatur zu spielen.

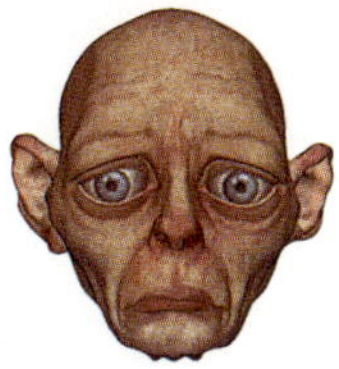

Ich mußte mich ranhalten, denn von Gollum hatte ich längst nicht soviel Ahnung wie von Sykes. Ich bin bestensfalls ein langsamer Leser, und nun, da ich gerade erst Vater geworden war und feststellte, daß mich der Schlafmangel in ein Faultier verwandelte und schon der Anblick von Gedrucktem mich in Tiefschlaf versetzte, wußte ich, ich würde niemals in der Lage sein, in der vorgegebenen Zeit genug von den *Ringen* zu lesen. Ich konzentrierte mich daher auf die Vorgeschichte der Figur, wie Gandalf sie Frodo in dem frühen Kapitel ‚Der Schatten der Vergangenheit' so wunderschön und mitfühlend erzählt. Hier erfahren wir, daß Gollum früher ein Hobbit war, aus dem Volk der Starren, der des Ringes wegen seinen Vetter tötete und wegen der Wirkung des Rings, der ihn in einen boshaften Dieb verwandelte, von seiner Sippe verstoßen wurde. Alle mieden ihn, so daß er sich in den Nebelbergen verkroch, immer einsamer wurde, gequält, verlassen, verrückt, und gurgelnde Laute ausstieß.

Ich begann mit seiner Stimme. Wie sollte sie klingen? Ich konnte ihn hören, aber ich konnte es

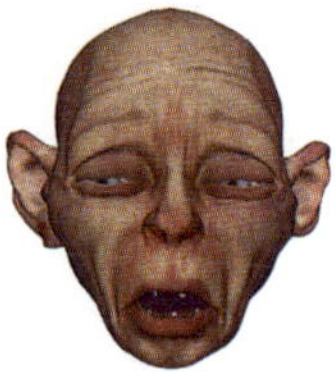

nicht nachmachen. Wenn ich das Skript zu lesen versuchte, das man mir zur Vorbereitung geschickt hatte, klang es papieren. Ich klammerte mich an Strohhalme, erfand willkürlich irgendwelche Stimmen. Dabei mußte ich sie irgendwo festmachen, mußte eine psychologische Grundlage finden, eine emotionale Wahrheit. Was genau hatte ihm der Ring angetan? Warum ist er so voller Schmerz und Selbstmitleid? Warum murmelt und brabbelt er mit sich selbst? Ich begann darüber nachzudenken, wo es ihn schmerzen könnte, und meinte, daß sich seine Kehle aus verdrängten Schuldgefühlen wegen des Mordes an Déagol zusammenschnürte, wenn er sprach.

Genau in diesem Augenblick, als ich in der Küche saß und mir vorzustellen versuchte, wie ich das umsetzen könnte, kam Diz, eine unserer Katzen, herein und begann diese Haarbällchen herauszuwürgen. Hier eine kurze Erläuterung für alle, die noch nie gesehen haben, wie eine Katze dies tut. Die Katze putzt sich, verschluckt dabei eine Menge Haare, die sich in der Kehle sammeln, bis die Katze zu husten anfängt. Dieses Husten wird zu einem krampfhaften Würgen – das Rückgrat krümmt sich bei dem Versuch, die Fellmasse zu erbrechen –, begleitet von einem scheußlichen Keuchen, bis sie schließlich aus dem weit aufgerissenen Maul herauskommen und auf den Küchenfußboden platschen. *Voilà!* Fellbällchen.

Ich stand auf, um den Dreck wegzuputzen, und dachte: *Mußte das gerade jetzt sein? Ich versuche hier Kunst zu schaffen.* Doch später im Bett, als ich nicht schlafen konnte, hatte ich eine meiner seltenen Erleuchtungen, so wie der heilige Paulus auf dem Weg nach Damaskus oder Archimedes in seinem Bad. (Im Bett habe ich meistens die besten Einfälle, wenn mich die Angst packt, ich könnte nie wieder eine Rolle spielen.) Mein Herz begann zu rasen.

*Natürlich war Gollum die schwierigste Figur. Es war ein Grundproblem unserer Design-Arbeit für den* Herrn der Ringe*, daß wir versuchten, die Vorstellungen, die die anderen davon hatten, wie Mittelerde und seine Bewohner aussahen, einzubeziehen, weil sie das Buch hundertmal gelesen hatten. Man kann die indidivuellen Vorstellungen nicht ignorieren, weil Tolkien alles so total gut beschrieben hat, vor allem den Gollum, der fast schon zu einer Ikone wurde. Doch wir wollten unsere eigene Interpretation und die Vision von Peter Jackson hinzufügen. Es war also wichtig, daß wir ganz genau das zeigten, wie sich die Leute Gollum vorstellten, aber mit unseren eigenen winzigen Details. Kein Wunder also, daß die meisten, die unsere Entwürfe sahen, sagten, Gollum sei genauso geworden, wie sie sich ihn immer vorgestellt hätten.*

Richard Taylor, *Weta Workshop Supervisor*

*Vielleicht hört er sich an wie eine Katze, die sich übergibt! Vielleicht ist es wie eine krampfhafte Zuckung, wenn er* Gollum, Gollum *sagt, als müßte er Fellbällchen herauswürgen.*

Ich probierte es ganz leise aus, ohne Lorraine zu wecken, damit sie nicht glaubte, ich hätte jetzt endgültig den Verstand verloren. Ich war nicht sonderlich erfolgreich, weil ich ja im Bett lag, und das einzige, was ich davon bekam, war eine ziemliche Nackenverspannung, also beschloß ich, bis zum Morgen zu warten, wenn ich mich wirklich hinkauern und richtig würgen könnte.

Ich muß gestehen, anfänglich hatte ich die Vorstellung, daß es sich bei dem Film um eines dieser Special-Effects-Spektakel handeln würde, wo man einen Regisseur hat, der sich nicht für Schauspieler interessiert, dazu ein unsägliches Skript, einen Haufen eindrucksvoller Aufnahmen von Dingen, die total unglaubwürdig aussehen, Figuren, die einen nicht die Bohne interessieren, und eine allgegenwärtige, zutiefst unkomische, automatenhaft computergenerierte Nebenfigur. Er schien mir himmelhoch entfernt von Filmen und Fernsehspielen, die mich interessierten: gesellschaftlich relevante Dramen mit starken Figuren, die sich tagein, tagaus gigantischen Mühen gegenübersehen. Und während ich darüber nachdachte, was ich zu diesem Vorsprechen anziehen sollte, dachte ich insgeheim: *Ich krieg diese Rolle nie, außerdem ist das Ganze doch sowieso nur ein Haufen Blödsinn* (ein typisches Mantra vor jedem Vorsprechen, um sich gegen Enttäuschung zu wappnen und das Gefühl zu haben, Herr über das eigene Schicksal zu sein).

Als ich jedoch den Besetzungschef John Hubbard traf, sagte er mir, Peter Jackson würde Regie führen, der versuchen wolle, Tolkiens Buch unverfälscht auf die Leinwand zu bringen, und ich wurde wieder ganz aufgeregt. Ich erinnerte mich, daß Peter *Heavenly Creatures* gedreht hatte, für mich ein grandioser, rätselhafter, wundervoller Film.

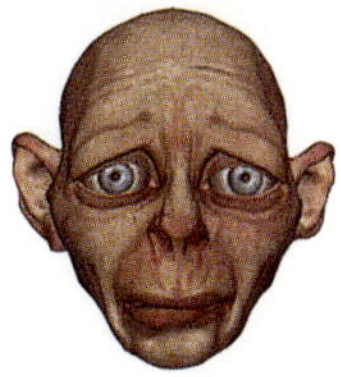

Dann zeigte mir John einige von Alan Lees unglaublichen Illustrationen, darunter auch einige von Gollum, und als wir anfingen, Video-Tapes von mir zu machen, um sie Peter nach Neuseeland zu schicken, hatte ich wirklich Feuer gefangen. Ich kletterte auf einen Stuhl, ein Bein untergeschlagen, und krümmte mich, damit ich in die Kamera sehen konnte. Es war eine frühe Fassung jenes Augenblicks in den Emyn Muil, wo Gollum auf den „Schatz" schwört. John rief: „Action!" – und heraus kam diese schräge, würgende Stimme einer sich übergebenden Katze.

Ich mußte wirklich den Schmerz, die Verzweiflung und die Manipulation ausspielen, damit die Stimme funktionierte. Anders ging es nicht. Ich spürte, wie sich mein Gesicht verzerrte. Mitten drin sah ich zu John auf, der Frodo und Sam übernommen hatte, und sein Gesicht war ein Bild blanken Entsetzens. Ich war mir durchaus nicht sicher, ob ich nicht alles versaut hatte, als er „Cut" rief. Es gab eine kurze Pause, dann verwandelte sich Johns Entsetzen in ein breites Grinsen. Ich kann mich noch erinnern, wie er sagte: „Andy, wie machst du das?" Er war voll des Lobes, und ich bin ihm zutiefst dankbar, daß er mir solchen Mut gegeben hat und letztlich dafür verantwortlich ist, daß ich diese große Reise beginnen konnte.

Das Band wurde nach Neuseeland geschickt, und die Zeit verging. Nach allem, was ich so hörte, ließen sie die Stimme zu einer frühen Version von Gollum laufen, und komischerweise schien ich ihm merkwürdig zu ähneln, und die Stimme paßte. Als nächstes erfuhr ich, daß Peter Jackson und seine Drehbuchpartnerin Fran Walsh im April 1999 nach London kommen wollten, um ein paar Rollen zu besetzen, und daß sie mich sehen wollten.

Das Treffen sollte in der American Church, Tottenham Court Road, stattfinden. Ich fuhr mit dem Fahrrad in die Stadt, brummelte gollumesisch vor mich hin und versuchte mich zu erinnern, wie es vor ein paar Monaten gewesen war. Ich hatte nach dem ersten Vorsprechen ein paar positive Reaktionen bekommen, also fühlte ich mich richtig gut. Außerdem hatten die Dreharbeiten zu *Oliver Twist* begonnen, und wie Ihnen jeder Schauspieler versichern wird, ist das Selbstvertrauen erheblich gestärkt, wenn man Arbeit hat.

John und seine Assistentin empfingen mich und sagten „Es wird dir gefallen, sie sind ungeheuer nett.“ Ich ging rein, und da saßen Peter und Fran. Das ist nicht nur so dahingesagt, und es gibt nur wenige Menschen auf der Welt, denen man sich schon bei der ersten Begegnung gleich nahe fühlt, aber genau dieses Gefühl hatte ich, als ich die beiden das erste Mal sah. Sie strahlten unglaubliche Energie, Wärme und Leidenschaft aus, und die Unterhaltung, die wir über den *Herrn der Ringe* führten, faszinierte mich zutiefst. Sie schlugen eine riesige Mappe mit Skizzen auf, und ich bestaunte diese Welt, die sie erschaffen wollten. Sie sprachen mit großer Bestimmtheit und Klarheit über die Figuren, und schließlich erläuterte mir Peter, wie er die Figur des Gollum anlegen wollte.

Schon zu einem recht frühen Zeitpunkt der Vorproduktion war beschlossen worden, daß Gol-

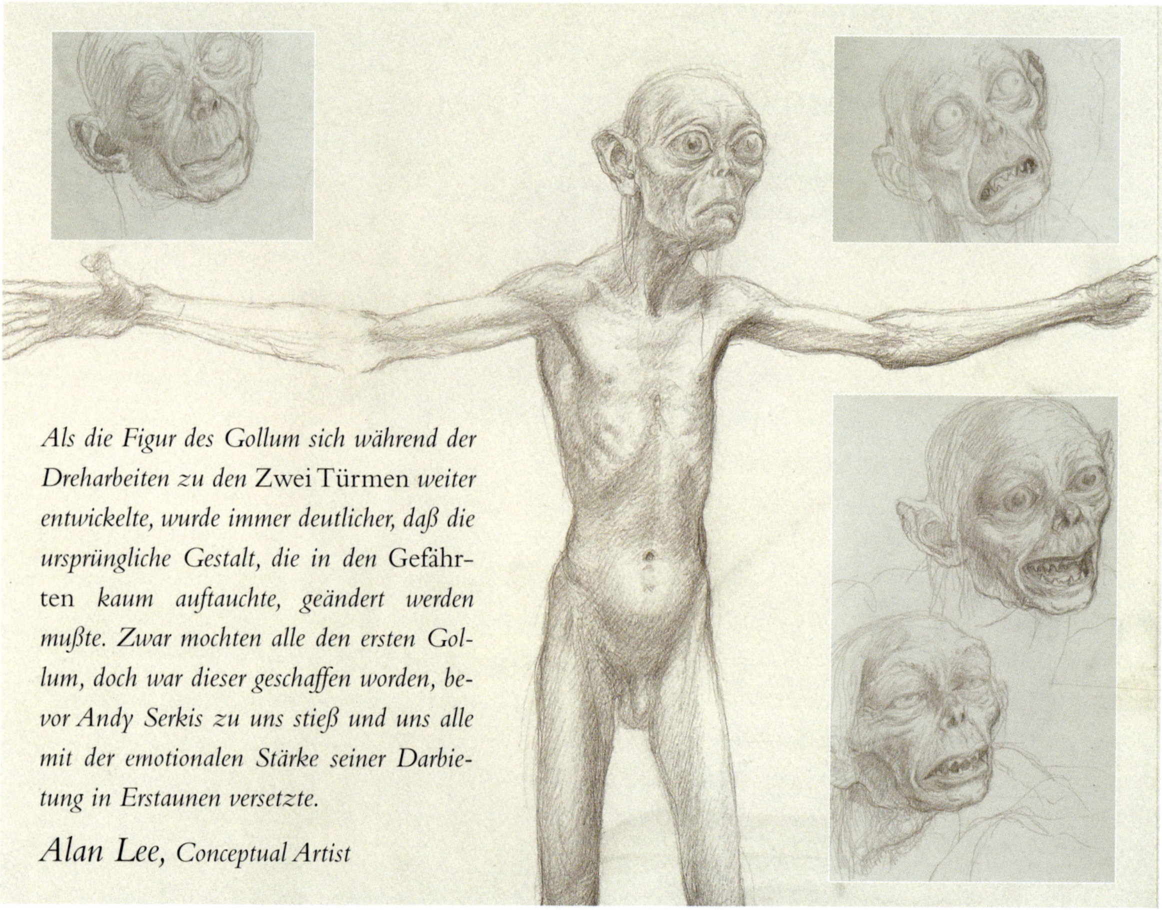

*Als die Figur des Gollum sich während der Dreharbeiten zu den* Zwei Türmen *weiter entwickelte, wurde immer deutlicher, daß die ursprüngliche Gestalt, die in den* Gefährten *kaum auftauchte, geändert werden mußte. Zwar mochten alle den ersten Gollum, doch war dieser geschaffen worden, bevor Andy Serkis zu uns stieß und uns alle mit der emotionalen Stärke seiner Darbietung in Erstaunen versetzte.*

*Alan Lee,* Conceptual Artist

lum komplett aus dem Computer stammen sollte. Sie meinten, es sei wegen des extremen Aussehens, der Art der Rolle und ihrer Anforderungen unmöglich, einen Schauspieler zu nehmen, und wäre die Maske noch so gut. Doch die Aufgabe des Schauspielers, der die Rolle bekam, bestand nicht nur darin, einer animierten Figur eine Stimme zu verleihen. Im Einklang mit dem Maß an Authentizität, das sie sich zum Ziel gesetzt hatten, stand unverrückbar fest, daß Gollum imstande sein mußte, neben Frodo und Sam zu spielen, wer immer sie auch spielen sollte. Es wäre lächerlich, zwei Schauspieler auf einen Tennisball an einem Stock reagieren zu lassen. Die vielschichtige Natur von Gollums Charakter und das Maß an Interaktion in den einzelnen Szenen bedeuteten auch, daß ein Schauspieler bei den Dreharbeiten dabei sein mußte, um die schauspielerischen Entscheidungen auch emotional voranzutreiben. Die so spontan während des Spielens getroffenen Entscheidungen würden nur auf diese Weise eine organische Einheit bilden, und die Tonspur von Gollum konnte dann als Leitfaden für die Computerspezialisten dienen.

Peter war sich noch nicht sicher, wie das genau auszusehen hatte, ob der Schauspieler seinen Text in der Szene oder hinter der Kamera sprechen sollte, aber er wußte, daß er Gollum zur emotional glaubwürdigsten, vielschichtigsten und interaktivsten computeranimierten Figur machen wollte, die man je in einem Film gesehen hatte. Es war auch die Rede davon, mit dem Einsatz von Motion Capture zu experimentieren. Meßpunkte am Körper, sogar Meßpunkte im Gesicht – ich hatte nicht die leiseste Ahnung, wovon Peter sprach; zu dem Zeitpunkt kannte ich nicht mal den Unterschied zwischen Blue Screen, Green Screen, oder sonst einem Farb-Screen geschweige denn Motion Capture. Diese Szene jedoch sollte alles ändern.

Schließlich spielte ich die Szene noch einmal, Peter umkreiste mich dabei und filmte. Dann verabschiedete ich mich von Peter und Fran, doch im Innern hatte ich das sichere Gefühl, ich würde die beiden wiedersehen.

Die Barandoff-Studios in Prag waren in den Dreißigern gebaut worden, um die Produktion von Propagandafilmen des Dritten Reichs zu ermöglichen, darunter auch Leni Riefenstahls berühmt-berüchtigten *Triumph des Willens*. Der Ort wirkte sehr merkwürdig, kalt und funktional, und dort Dickens zu drehen kam mir schon merkwürdig vor. Wir näherten uns allmählich dem Ende der Dreharbeiten zu *Oliver Twist*, als ich eine Nachricht von meinem Agenten bekam: eine Entscheidung war getroffen. Man hatte mir tatsächlich die Rolle des Gollum angeboten. Im September sollten die Dreharbeiten beginnen.

Als ich nach London zurückkehrte, fand ich dort ein großes Paket vor. Ich riß es so ungeduldig auf wie ein Knirps an seinem Geburtstag. Darin fand ich drei dicke Drehbücher für einen Film mit dem Titel „JAMBOREE – Ein leidenschaftliches Drama um das Erwachsenwerden, spielt während der neuseeländischen Pfadfinderbewegung in den unruhigen Jahren 1958–63“. *Ich kann mich nicht daran erinnern, mich mit irgend jemanden über einen Pfadfinderfilm unterhalten zu haben.*

*Wir wollten Gollum zu einer ganz besonderen Figur machen. Ich hatte immer den Eindruck, daß Gollum nicht ganz die einzigartige Figur sein würde, die wir wollten, wenn wir einen Schauspieler in einen Anzug oder eine Maske steckten. Ich habe so meine Probleme mit computergenerierten Figuren, und ich fand, die einzige Möglichkeit, Gollum echt wirken zu lassen, wäre, zu versuchen, ihn so weit wie möglich von einem Menschen spielen zu lassen, und ich machte mich für Andys Leistung stark. Man kann sich eine Animationsabteilung von zehn Leuten vorstellen, die alle irgendwelche Szenen mit Gollum animieren, und ganz gleich, was man tut, man wird am Ende immer die Interpretationen dieser zehn Leute haben, und sie würden auf den Film verteilt sein. So würde Gollum immer diesen Touch von Künstlichkeit haben.*

*In manchen Einstellungen mußten wir Gollum animieren, zum Beispiel dort, wo er Dinge tut, die kein Mensch könnte, wie an Felswänden herunterklettern. Aber meistens ließen wir Andy in den 14 Monaten, die die Dreharbeiten dauerten, die Figur selbst entwickeln. Er wurde gefilmt, wie er alle Bewegungen als Gollum macht, auf allen vieren geht, herumspringt, spricht und die Figur allmählich in den Griff bekommt wie jeder Schauspieler auch. Nach mehreren Takes mit Andy war es nicht mehr allzu schwer für Elijah Wood und Sean Astin zu sehen, was Andy tat, nachdem wir ihn aus dem Bild genommen hatten. Dann lieferte ihnen Andy die Stimme aus dem Off, und schließlich fügten wir eine computergenerierte Version von Gollum ein, diesmal eine, die alles enthielt, was Andy in die Rolle hineingelegt hatte.*

*Peter Jackson, Regisseur*

Ich blätterte weiter und stieß auf die Titelseiten der drei Filme des *Herrn der Ringe*: *Die Gefährten*, *Die zwei Türme* und *Die Rückkehr des Königs*. *Komische Leute*, dachte ich. Erst als ich nach Neuseeland kam und die Hinweisschilder am Drehort mit der Aufschrift JAMBOREE sah, wurde mir klar, daß es sich um einen ausgefeilten Geheimcode handelte, um den Film zu schützen und dafür zu sorgen, daß das Skript nicht in die Hände von Leuten geriet, die schnelles Geld damit machen wollten. Aber so weit waren wir noch nicht. Es sollte noch etwas länger dauern, nach Neuseeland zu kommen, als ich dachte.

Ich hatte mich darauf eingerichtet, im September aufzubrechen, und die folgenden Wochen waren hektisch, weil ich versuchte, alles vor meiner Reise in Ordnung zu bringen. Wir zogen um, Lorraine drehte in Leeds ihre Fernsehserie *Playing the Field*, ich bereitete mich auf meine Rolle als Gollum vor, mein Vertrag wurde unterzeichnet, und plötzlich war es September und ... nichts. Funkstille. Ich hatte mitbekommen, daß andere Schauspieler bereits mit den Proben begonnen hatten, und ich saß hier wie auf heißen Kohlen, wollte endlich loslegen und wußte nicht, was passiert war. Schließlich bekam ich Nachricht von Barrie Osborne, dem Produzenten – der Terminplan war geändert worden, und ich würde erst nach Weihnachten gebraucht. Ich konnte es nicht fassen. Das war so, als sei man ausgewählt worden, den Mount Everest zu besteigen, und bekommt dann mitgeteilt, man müsse im Basislager warten!

Ich nahm die Rolle des Jakobinerrebellen John Thelwall in Julian Temples Film *Pandaemonium* an, einer historischen Figur des 18. Jahrhunderts; der Film dreht sich um das Leben von Samuel Coleridge, und die Dreharbeiten fanden in North Devon statt. Die Gegend war wunderschön, und Lorraine und Ruby kamen mich besuchen, doch was ein Wochenende voller Glück hätte werden sollen, endete mit einem Schock für die Einheimischen: Wir stritten uns wie noch nie. Ein paar Tage später rief mich Lorraine an und teilte mir mit, daß wir ein zweites Kind erwarteten!

Was ich mit dieser Abschweifung sagen will: Hätten die Dreharbeiten zu den *Ringen* pünktlich angefangen, dann gäbe es meinen Sohn heute nicht. Also vielen Dank, Barrie und die Produktion: Ihr habt was gut bei mir!

Es wurde Weihnachten, das neue Jahrtausend brach an, die Welt drehte sich trotzdem weiter, und die *Gefährten* kamen nur langsam in Schwung. Für mich verzögerte sich der Drehbeginn weiter, und während Woche um Woche verging, fragte ich mich, ob es mit dem Film wohl jemals etwas würde. Ich begann mit den Dreharbeiten zu *Shiner*, einem Boxerfilm mit Michael Caine in der Hauptrolle, in dem ich einen übereifrigen, selbstgefälligen Aufpasser spiele. Zwischen den Aufnahmen rannte ich heimlich zurück in meinen Wohnwagen, las die *Ringe* und versuchte mir ein Bild davon zu ma-

chen, wer Gollum eigentlich war. Endlich kam mein Marschbefehl, und im April machte ich mich endgültig auf den Weg. Also holte ich Gollum von der Sparflamme, heizte ordentlich ein und suchte nach seiner Seele.

Wie viele Figuren im *Herrn der Ringe* läßt sich auch Gollum als Archetyp auf eine breite Tradition zurückführen, die Mythologie und Literatur, Kunst und Kino durchzieht. In der Bibel finden sich Luzifer, der gefallene Engel, ferner Kain, der seinen Bruder Abel aus Eifersucht umbringt und verflucht wird – „Unstet und flüchtig sollst du sein auf Erden".

In der isländischen Saga *Völundarkviða* (Wielandsage) fällt der Ring des Helden Völundr einem Piraten namens Sote in die Hände, der ganz besessen wird davon, bis er sich selbst in einem tiefen Grabhügel einschließt und mit gezücktem Schwert durch die Tunnel streift, ein an Schlaflosigkeit leidender Irrer, der wahnhaft fürchtet, jemand wolle ihm seinen Ring stehlen.

Gollum könnte aber auch mit Shakespeares mißgebildetem Caliban aus dem *Sturm* verwandt sein, mit Charles Dickens' kriecherischem Uriah Heep in *David Copperfield* oder mit Victor Hugos gequältem und verachtetem Glöckner von Notre Dame. Gollum kann auf eine ganze Reihe von Monster- und Menschengestalten zurückgeführt werden, die alle vielschichtige und erschreckend gespaltene Persönlichkeiten besitzen, darunter Dr. Jekyll und Mr. Hyde, der Werwolf, Frankenstein und Dracula – lauter Ikonen des Kinos.

Dann wandte ich mich den Werken von Malern zu, wie Otto Dix, Egon Schiele, Francis Bacon, Lucien Freud und dem Fantasykünstler Brom (oben rechts) und suchte dort nach Inspiration. Sie alle haben Gestalten in körperlichem und seelischem Schmerz gemalt, und ihre Pinselstriche spiegeln einen Aspekt der Qualen wider, den ich verstehen konnte. Ich erinnere mich besonders daran, wie sehr mich als Kind das Gemälde „Der Tod des Hl. Hieronymus" von Leonardo da Vinci geängstigt hat. Die Erinnerung an den gequälten Gesichtsausdruck, seinen halbnackten, alternden Leib verfolgte mich und wurde schließlich Bestandteil meines gestischen und mimischen Repertoires.

Dann erhielt ich ein Paket mit Material aus Neuseeland, darunter Fotos, die Peter gemacht hatte und die unterschiedliche Emotionen, auf

Modellen von Gollums Gesicht angedeutet, zeigten – unheimlich, wütend, verletzt. Es handelte sich um frühe Gesichtsmodelle, die sich im Laufe der Jahre noch entscheidend ändern sollten. Zu diesem Zeitpunkt ähnelte Gollum eher einem kahlköpfigen Alien mit Glubschaugen.

Daneben gab es Entwürfe von Alan Lee und John Howe. Vor allem eine Bleistiftskizze Johns, die Gollum als eine Mischung aus einem obdachlosen Junkie und einem Überlebenden eines Straflagers zeigte, inspirierte mich entscheidend, als es darum ging, wie Gollum sich bewegen sollte. Nach diesem Bild war ich mir ganz sicher, daß

Gollum die ganze Zeit über auf allen vieren gehen sollte, weil die Last des Rings ihn zu einer kriecherischen Jammergestalt verkommen ließ. Es kam mir einfach nicht richtig vor, daß er auf zwei Beinen laufen könnte – sein Abstieg in den Wahn war zugleich auch eine Umkehrung der Evolution des Menschen.

Ich muß sagen, die meisten Charakterzüge meines Gollum kamen aus Tolkiens Trilogie. Bevor Gollum zu diesem Geschöpf wurde, war er Sméagol und stammte aus einer reichen Hobbit-Familie

*„Ich glaube, das ist eine traurige Geschichte", sagte der Zauberer, „und sie könnte auch anderen passieren, sogar anderen Hobbits, die ich kannte."*

*Es gab einen Zeitpunkt, da hatte es den Anschein, alle würden nur an Gollum arbeiten. Der arme Gollum war eine der schwierigsten Aufgaben, so dürr, drahtig und aalglatt.*

*John Howe, Konzeptkünstler*

der Starren. Die Starren bewohnten Landstriche am Wasser, wo sie fischen konnten. Sie lebten im Matriarchat, und das Oberhaupt der Familie war die Großmutter. Sméagol war ein neugieriger Hobbit, und er interessierte sich für „die Wurzeln und Anfangsgründe der Dinge". „Sein Blick war abwärts gerichtet." Man kann sich gut vorstellen, daß sich die Dinge ganz anders entwickelt hätten, wenn er dem Ring niemals begegnet wäre. Dies war der entscheidende Punkt, den ich nicht aus den Augen verlieren durfte, als ich anfing, ihn zu spielen. Solange ich diesen Gedanken festhalten konnte, so lange konnte ich glauben, daß es auch für ihn Erlösung gab.

Zunächst versuchte ich eine Metapher für den Ring zu finden. Ich überlegte, daß Gollums dramatische Funktion als Figur zum großen Teil darin bestand, zu zeigen, was der Ring einem einzelnen antun konnte, so daß der Leser des Buchs oder der Betrachter des Films den Eindruck bekommt, dies könne auch ihm zustoßen. Frodo mag ein Jedermann sein, aber in gewisser Hinsicht ist Gollum dies auch. Er stellt jemanden dar, der fehlerhaft ist, in seinem Falle zutiefst fehlerhaft. Aber wozu sollte man ihn als reinen Bösewicht darstellen? Wo wäre da die Verbindung zum Publikum? Wenn man recht bedenkt, ist jeder Mensch auf der Welt mit einem Makel behaftet – zumindest von mir kann ich das mit Gewißheit sagen. Stecken Sie mich in einen Verkehrsstau, wenn ich sowieso zu spät dran bin, und ich werde wahrscheinlich zu einem potentiellen Mörder – zumindest für einen kurzen

Augenblick –, aber wenn Sie mich mit meinen Kindern in meinen Garten sperren, kann ich so friedfertig sein wie Gandhi persönlich.

### *„Der Ring verließ ihn"*

Gollums Gefühl von Verlust, Verrat und Ablehnung treibt auch seine Besessenheit an. Ich stellte mir den Ring als Liebhaber vor, der eine Gewaltbeziehung beendet. Gollums Schmerz ist der eines verletzten, psychotisch eifersüchtigen Ehemanns, dessen Frau ihn verlassen hat und der sich eine Million Arten ausdenkt, Rache zu üben.

Doch wie konnte ihn der Ring körperlich und seelisch quälen, ihn altern lassen und ihm dennoch genügend Energie lassen, um sich selbst und die Welt derart grausam zu hassen? Ich brauchte eine griffige Metapher für die Macht des Rings über ihn: Abhängigkeit.

Ich hatte kaum mehr als ein riesiges Bündel vager Vorstellungen, die mir im Kopf herumschwirrten, und hatte den Eindruck, nicht wirklich weiterzukommen, ohne mit Peter und Fran darüber zu reden – und da war es plötzlich soweit.

### 5. April 2000

Der Abschied war furchtbar. Wir hatten nicht gut geschlafen, und die Vorstellung, Lorraine und Ruby für eine unbestimmt lange Zeit nicht zu sehen, war ziemlich schrecklich.

Zu jenem Zeitpunkt in meinem Leben schien die Aussicht, in ein Flugzeug zu steigen und mehr als 24 Stunden lang zu fliegen, unvorstellbar, obwohl ich ein vielgereister Mensch bin. Ich war ein Musterbeispiel für einen Frischling unter den Langstreckenfliegern, denn während alle anderen sich zur Ruhe betteten, las ich fieberhaft die Skripte, bis ich völlig unter Strom stand. Als wir in Auckland landeten, war ich ein Nervenbündel.

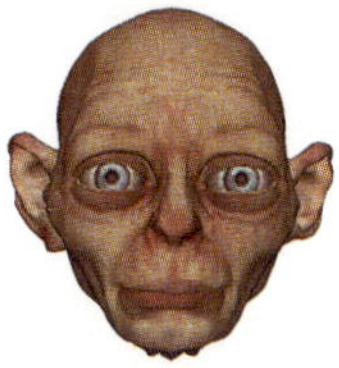

Erst auf dem letzten Abschnitt der Reise, von Auckland nach Wellington, lernte ich endlich die ersten meiner Schauspielerkollegen kennen, mit denen ich in den folgenden Jahren unterwegs sein sollte – Elijah Wood (Frodo), Dominic Monaghan (Merry), Billy Boyd (Pippin) und Sean Astin (Sam) mit seiner reizenden Ehefrau Christine und ihrer hübschen Tochter Ally. Die vier Hobbits kehrten alle gerade von ein paar Wochen Erholung zurück, die sie sich verdient hatten, nachdem der erste Filmabschnitt im Kasten war, und wir entdeckten einander, als wir an Bord des Flugzeugs gingen. Sie bildeten offenkundig bereits ein Team mit einer eigenen Geschichte, und sie erheiterten mich mit erstaunlichen Anekdoten über die Dreharbeiten der ersten sechs Monate.

Wenn der Flieger zum Sinkflug nach Wellington ansetzt, überquert man eine Wasserstraße, die Cook Straits, die die Nordinsel von der Südinsel trennt und durch die recht starke Winde von der Antarktis fegen können. Doch mein erstes Erlebnis mit einem „milden Südwind" ließ mich beinahe religiös werden – ich krallte mich verzweifelt an meinen Armlehnen fest.

## KAPITEL ZWEI

# *Willkommen auf dem Planeten Mittelerde*

Es ist schon merkwürdig. Man fliegt auf die andere Seite der Welt und erleidet bei der Ankunft dort keinen Kulturschock. Wellington mit seiner Meerpromenade, seiner Kaffeehauskultur, den alten und neuen Geschäften, Art-Deco-Häusern neben Stahl-und-Glas-Modernismus und dem faszinierenden Nationalmuseum Te Papa Tongarewa ist ein sehr einladender Ort. Eine kompakte, hippe Stadt zwischen Hügeln und Buchten.

Nein, der wirkliche Kulturschock tritt erst dann ein, wenn man mit dem Wagen in den Vorort Miramar kommt, die Stone Street entlang und dann rechts zu einer ehemaligen Farbenfabrik abbiegt, in der sich nun Mittelerde befindet.

Stellen Sie sich das einmal bildlich vor: Ihnen ist vom Jetlag ganz schwummrig, gleichzeitig rast Ihr Herz vor Aufregung. Sie steigen aus dem Wagen aus, ein gutes Hundert furchterregend aussehender Orks macht Mittagspause und versucht, gebratene Nudeln in ihre von der Maske verlängerten Mäuler zu schaufeln (manche nicht sehr erfolgreich, sollte ich dazusagen), und dann werden Sie beinahe von einem riesigen Mordor-Felsen überfahren, der von einem Sattelschlepper bewegt wird. Sie gehen direkt ins Studio und landen in Bruchtal, gehen weiter in die Garderobe, wo Kleiderstangen voll mit Kostümen der gondorischen Waldläufer hängen. Sie entkleiden sich bis auf die Unterwäsche, bekommen ein hautenges Trikot angezogen, jemand zieht ihnen eine Kapuze über den Kopf, in der es keine Augenschlitze gibt, und dann sagt eine Stimme: „Hallo, Andy, darf ich Ihnen Barrie Osborne, den Produzenten, vorstellen?“

„Hi, Andy, wie geht's? Willkommen.“

„Hi“, erwidern Sie aus der Finsternis und strecken Ihre Hand ins Nichts aus.

Keine Zeit, weiter geht's zum Weta Workshop, wo Sie von dessen Hohepriester Richard Taylor begrüßt werden, der mit Ihnen redet, während er auf seinem Kopfhörer fünf anderen zuhört. Hannah Bianchi macht mit Ihnen eine Werkstattour und führt Sie durch diese Wunderwelt (und erklärt Ihnen gleichzeitig, daß ein Weta ein uraltes, *sehr großes* neuseeländisches Insekt ist, eine gepanzerte Gespensterschrecke von der Größe einer Maus). Dieser Ort ist eine wahre Fundgrube an Kreativität: Skulpturen und Modelle von Höhlentrollen und Balrogs, der Argonath, der Wächter im Wasser, elbische und Ork-Rüstungen, Waffen, die alle handgefertigt sind, Kettenhemden, Ring für Ring speziell gefertigt, Hobbitfüße und -ohren zu Hunderten. Dann geht es treppauf, und Sie versuchen, sich einen Überblick über dieses Traumland zu verschaffen, während Sie an Storyboards und Bildern von Konzeptkünstlern vorbeigescheucht werden, die all diese Landschaften zeigen, vorbei an riesigen Miniaturmodellen von Isengard und Helms Klamm, an einem Mûmak vorbei, und weiter geht's.

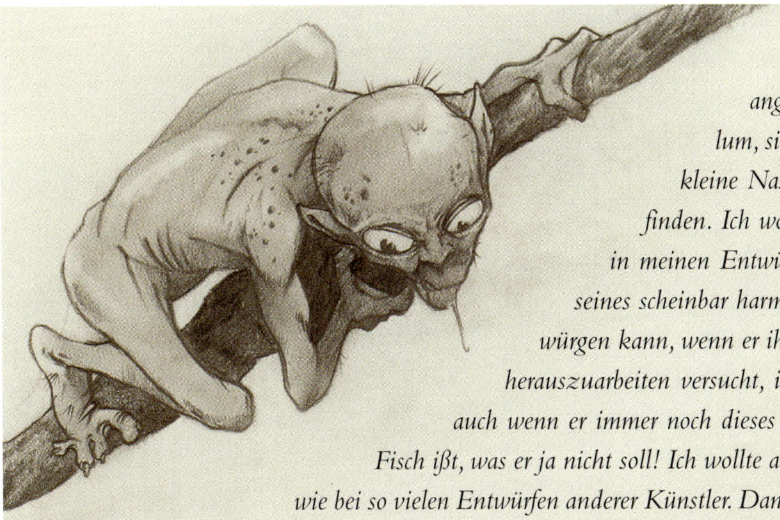

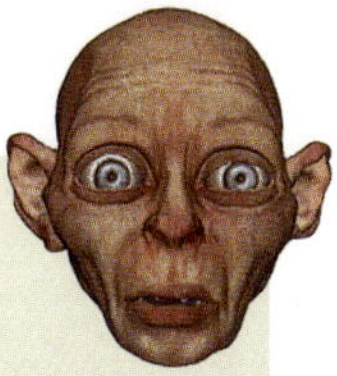

Wogegen ich immer angekämpft habe bei Gollum, sind seine großen Augen und die kleine Nase, die die meisten Leute ja niedlich finden. Ich wollte seine Gerissenheit und Schläue in meinen Entwürfen zeigen, und auch, daß er trotz seines scheinbar harmlosen Aussehens kurz mal einen erwürgen kann, wenn er ihn in die Finger kriegt. Das habe ich herauszuarbeiten versucht, indem ich ihn älter gemacht habe – auch wenn er immer noch dieses Kindliche hat – vor allem, wenn er Fisch ißt, was er ja nicht soll! Ich wollte auch ein weniger knochiges Aussehen, wie bei so vielen Entwürfen anderer Künstler. Dann skizzierte ich eine Reihe von Entwürfen, um seine Mimik zu zeigen – nicht sehr wichtig, aber sie zu zeichnen hat mir Spaß gemacht. Wir grübelten ziemlich lange darüber, was Gollum tragen sollte, wenn überhaupt etwas. Ich warf ein paar Ideen ein, ein paar Skizzen mit Lendenschurz und eine andere mit einer Art langem Hemd. Mir gefiel die Vorstellung, daß das Hemd auch Taschen haben könnte, und man erkannte, wie abgetragen und zerlumpt es war. In den Szenen, in denen sich seine beiden Persönlichkeiten durchzusetzen versuchen, habe ich mich bemüht, ein wenig von beiden Figuren zu zeigen. Den Konflikt zwischen Sméagol und Gollum – man kann sich durchaus die Verzweiflung vorstellen, die ihn in den Augenblicken überkommt, wenn er die Grenzen überschreitet und Sméagol sich an Gollum und Gollum sich an Sméagol erinnert; all diese Verwirrung und der Schmerz. Das Phantastische an dem Projekt war wohl, daß wir soviel Zeit hatten, die Figuren zu entwickeln, und was das Design betraf, so lautete die Philosophie eher, nicht so viel Zeit damit zu verbringen, die Skizzen aufzupeppen, sondern die Formen hinzukriegen, die Form des Gesichts oder die Körpergröße.

Warren Mahy, Designer/Bildhauer, Weta Workshop

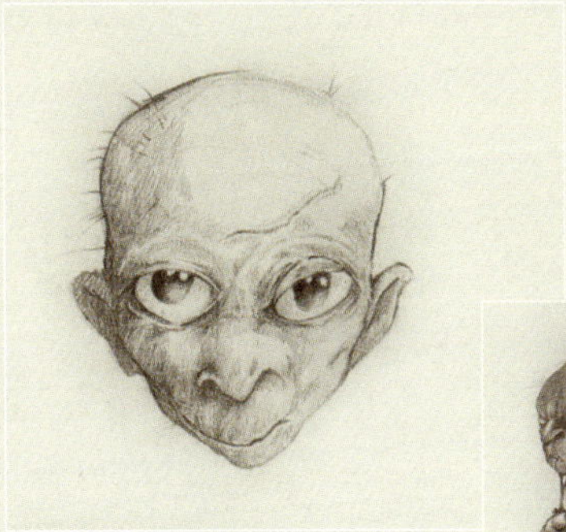

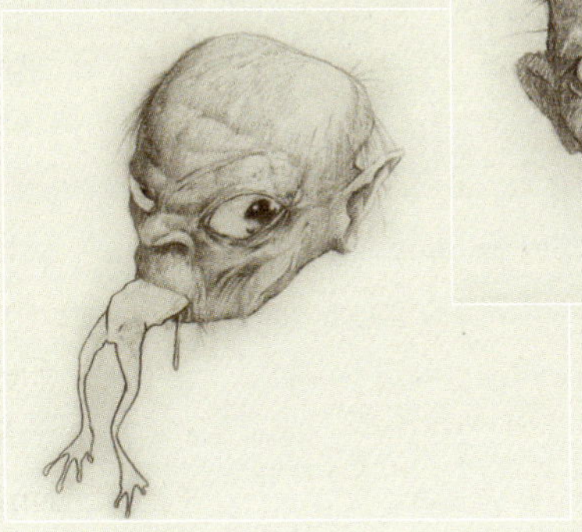

*Wir entschieden, daß eine knochige Nase ein wenig zu zombiehaft wirken würde. Also legten wir schon recht früh fest, daß es wahrscheinlich notwendig wäre, ihm eine menschliche Nase zu geben, sonst würde er zu unsympathisch wirken. Dann hat er noch diesen aufgedunsenen Schmerbauch aus einem Entwurf von Warren, und wir verfolgten diese Idee eine Weile – er sollte nur einen kleinen Magen haben, weil er ja offenbar nicht viel ißt, aber wenn er ißt, dann schwillt der Bauch an –, doch wir ließen diese Idee rasch wieder fallen.*

*Niemand hatte sich Gedanken über seine Hautfarbe gemacht, also beschloß ich, ich tu's. Ich ging davon aus, daß seine Haut früher mal fleischfarben gewesen war, nun aber die Farbe gewechselt hatte. Er lebt schon so lange in der Wildnis, daß ihm die Grasflecken regelrecht in die Haut eingedrungen sind und nur wenig Hautfarbe zu sehen ist. Aber auch das kann ihn zu monsterhaft wirken lassen. Im letzten Entwurf stimmten wir alle schließlich einem sehr blassen Hautton zu, ohne grüne Flecken.*

Daniel Falconer, *Designer/Bildhauer, Weta Workshop*

*Gollum zu entwerfen war eine ungeheure Herausforderung, aber eine, die mir gefallen hat. Jeder, der irgendwann mal den Roman gelesen hat, meint, er habe eine Vorstellung davon, wie die Figur aussehen soll. Den Burschen dann aber richtig zu entwerfen ist ungeheuer schwer. Dies ist vermutlich der Grund, warum alle Designer bei Weta ganz wild darauf waren, es zu probieren und ihre Ideen einzubringen, denn wir alle, genau wie die Leser, hatten abweichende Vorstellungen. Was an Gollum so cool ist, ist wohl die Tatsache, daß er wahrscheinlich die tragischste Gestalt des Romans ist. Tolkien interessiert nicht, was seine Figuren denken, es ist alter Sagenstil, aber Gollums Gedanken kommt man nahe, weil er mit sich selbst spricht. Er ist die einzige Gestalt, bei der man sieht, wie sich die Gedanken entfalten; ich glaube, das macht ihn auch eher sympathisch.*

*Für mich als Künstler hat Gollum große Zehen, große spindeldürre Finger und große Augen. In einem meiner frühen Entwürfe stellte ich ihn mir unterernährt vor – vielleicht zu dürr, aber immer noch gefährlich. Man kann ihn sich in früheren Zeiten in einer durchaus fruchtbaren Gegend vorstellen – jede Menge Vogelnester, jede Menge kleiner Kaninchen und so weiter. Irgendwann in seinem Leben wird er mal gutgenährt gewesen sein, wie er da durch die Elbenwälder streicht und den Leuten hinterherspioniert, weil das eben seine Art ist. Später dann, wenn er tagelang nichts gegessen hat, denn das Elbenessen rührt er ja nicht an, ist er ziemlich dürr und klapprig. Das ist mein starker Eindruck aus dem* Herrn der Ringe*: Gegen Ende ist es die schiere Willenskraft, die ihn am Leben erhält, denn klinisch betrachtet ist er wahrscheinlich schon tot!*

*Ben Wootten*, Designer/Bildhauer, Weta Workshop

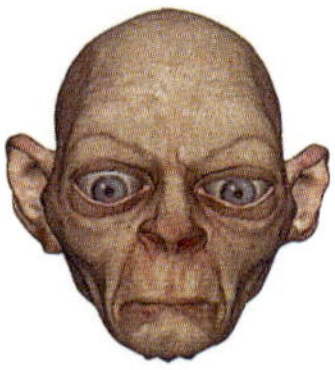

Sie könnten Tage damit zubringen und über die schiere Menge an unglaublichen künstlerischen Ergebnissen staunen, und die ungeheure Leidenschaft und Energie der Leute, die all dies erschaffen, ist überwältigend.

Dann, als ich schon dachte, mehr geht nicht, stand er vor mir – Gollum, aus Ton und in verschiedenen Inkarnationen, schaute mich aus seinen riesigen Augen an. Es gab sogar ein lebensgroßes nacktes Modell, eine Skulptur, die in die Computer eingescannt werden sollte, um das digitale Muster für die Figur zu liefern. Schon jetzt gab es eine ungeheure Detailfülle: Sein Rücken war von der Folter mit tiefen Narben übersät, und seine Knochen bohrten sich fast durch die blaßgrüne Haut.

Hunderterlei Gedanken schwirrten mir durch den Kopf, und ich versuchte abzuschätzen, wie er im Vergleich zu dem Bild aussah, das ich mir im Laufe des vergangenen Jahres von ihm gemacht hatte. Ich verlor den Faden, was die Leute rings um mich herum sagten, meine Hände wurden schweißig, und genau in diesem Augenblick ging mir das erste Mal wirklich auf, daß eine der großen Herausforderungen darin bestand, daß ich nicht wirklich Herr der Rolle war, anders als bei allen anderen Figuren, die ich je gespielt hatte.

Schauspieler arbeiten auf unendlich viele verschiedene Arten, aber die Schauspielerei ist im Grunde ein sehr selbstsüchtiges Handwerk. Ich rede nicht von aufgeblasenen Egos und Trugbildern der eigenen Größe (das versteht sich von selbst!) – ich rede davon, daß es für einen Schauspieler von fundamentaler Bedeutung ist, eine Rolle zu spielen, von der er oder sie glaubt, sie zu verkörpern, zu begreifen, den Kern zu kennen.

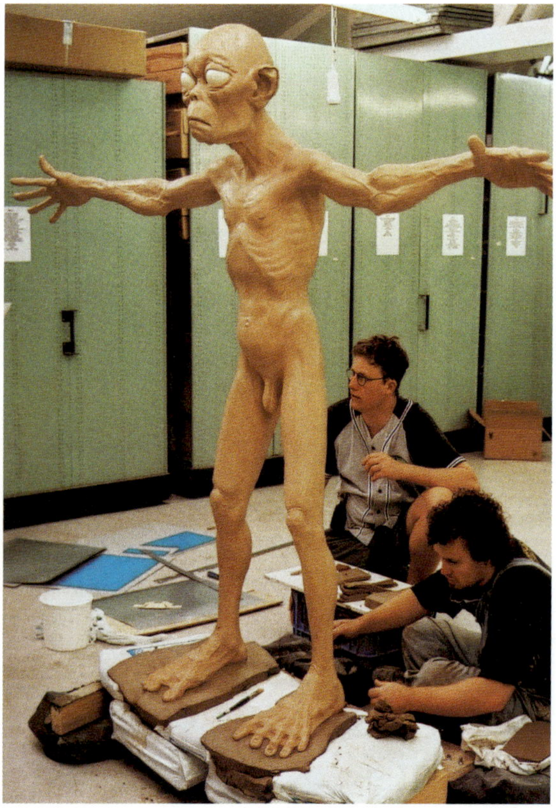

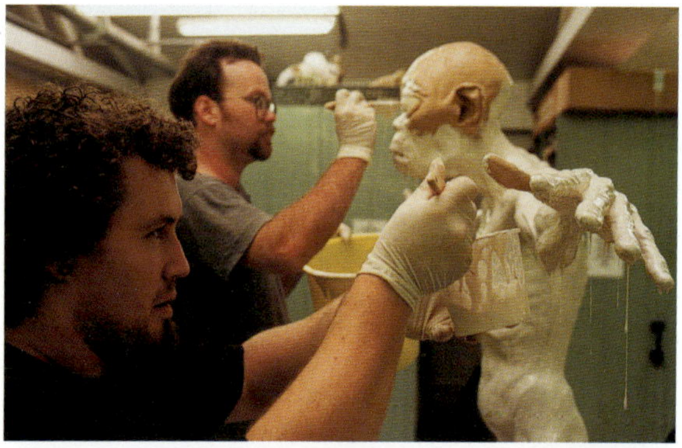

Wenn man zum Beispiel den Hamlet spielt, und der Schauspieler, der den Totengräber gibt, kommt in der ersten Probenwoche zu einem und sagt: „Also, wenn ich den Hamlet spielen würde, dann würde ich ihm einen breiten roten Striemen um den Hals machen von einem Selbstmordversuch, um anzudeuten, wie ungeheuer verzweifelt er ist", und man würde wahrscheinlich erwidern: „Ja, tolle Idee, ich denk drüber nach." Aber in Wirklichkeit denkt man nur: *Verpiß dich, du neugieriger alter Blödmann und konzentrier dich lieber darauf, Gräber auszuheben.* Und dann meidet man ihn für den Rest der Proben. Diskussionen und gemeinsame Arbeit helfen, eine eigene Meinung zu bilden, aber letztlich muß man alles aus sich selbst herausholen. Man kann sich nicht vor Tausend Leuten auf die Bühne stellen und denken: *Ich wette, die kennen alle Hamlet besser als ich, aber ich will's trotzdem mal probieren.* Man muß einfach glauben: *ICH BIN HAMLET!*

*ICH BIN GOLLUM!* Na ja, eigentlich bist du nur ein Teil von Gollum, Andy. Du bist seine Stimme, seine Gefühle (dann auch wie er sich bewegt), aber um den Körper kümmern sich eine Menge talentierter Leute mit ihren eigenen, ebenso berechtigten Meinungen. Dein Körper wird sich in Luft auflösen und durch digitale Einsen und Nullen ersetzt werden, also gewöhn dich besser gleich dran.

*„Geh rein"*, sagt Gollum zu sich selbst am Eingang zu Kankras Lauer, *„oder verschwinde."*

„Andy, ist alles in Ordnung?"

Ich reiße mich selbst aus dem vom Jetlag ausgelösten Albtraum. Tagtraum. Tagalb.

„Oh, tut mir leid, nein, alles bestens, wir können weitermachen."

„Prima, dann komm zu Weta Digital."

Wir verlassen Tonstaub, Polystyrol, Latex und Airbrush-Farbdämpfe der Werkstatt durch eine Tür und betreten das jungfräuliche, klimaanlagenbewehrte Nervenzentrum der Pixelwelt, wo mir dann endgültig der Verstand versagt. Man bringt mich in den kleinen Konferenzraum, wo man mir das Visual-Effects-Team und einige der Animatoren vorstellt. Auftritt Randy Cook, Direktor der Abteilung Animation. Man zeigt mir eine Testaufnahme mit dem bewegten Gollum, die ganz unglaublich ist, obwohl sie doch noch ganz am Anfang sind (Schauplatz Cirith Ungol, erst kurz vor meinem Eintreffen auf die Schnelle gefilmt, als sie bei Queenstown drehten und das Wetter regnerisch wurde).

Nach ausgiebiger Nachtruhe und einem Frühstück bei Fidel's auf der Cuba Mall fuhr ich zum Wellington Performing Arts Centre, wo die Produktion mir ein Tanzstudio zur Verfügung hatte stellen lassen. Der erste Tag sollte ganz dem Experiment mit Gollums körperlicher Ausdrucksweise gewidmet sein.

Ich hatte ziemlich viel Zeit damit verbracht, den Roman durchzuarbeiten und Tolkiens ausführliche Beschreibungen aufzulisten, auf welche verschiedenen Arten Gollum sich bewegt. Immer wieder wird beschrieben, daß er klettert wie eine Spinne, daß er sich bewegt wie ein Grashüpfer, ein Frosch, ein Junges, das um seinen Herrn herumwieselt, seine Füße patschen auf die Felsen, und sein Kopf dreht sich auf seinem dürren Hals. Tolkien hatte offensichtlich großes Vergnügen daran, das körperliche und stimmliche Vokabular dieser verkrüppelten, umherwandernden Kreatur auszugestalten, und für einen Schauspieler, der sich darum bemüht, Gollum zu verkörpern, ist das ein reich bestelltes Feld.

Gegen Abend holte mich eine der Drehbuchautorinnen, Philippa Boyens, ab und fuhr mich

hinaus zum Drehort von Helms Klamm. Dort ging gerade die Sonne unter. Das riesige Set erhob sich drohend über uns. Alle bereiteten sich auf eine weitere Nacht unerbittlichen Kampfgetümmels vor. In Helms Klamm wurde nun schon seit vier Monaten gedreht, und alle waren erschöpft. Es war schon fast wie ein eigener Film.

Ich traf Orlando Bloom (Legolas), der gerade aus seinem Wohnwagen kam und vor geradezu krankhafter Energie nur so strotzte, wie man sich vielleicht einen Vampir auf nächtlicher Tour vorstellt. Und schließlich traf ich Pete wieder, ein Jahr nach unserer ersten Begegnung in London, die mir schon so ewig lang her schien. Ich hatte einen Mann vor mir, der offenkundig auf einer geradezu titanischen Mission war, und ihn in Aktion zu sehen vertiefte nur noch meine Bewunderung für diesen großen Mann. Er begrüßte mich herzlich und stellte mich dem Team vor (genauer gesagt, einem der Teams – während der Hauptdreharbeiten waren bis zu sieben Filmteams gleichzeitig mit Dreharbeiten beschäftigt). Langsam bekam ich wirklich das Gefühl, mit an Bord zu sein.

Am nächsten Tag fiel der Regen waagerecht, als ich rund um die Bucht zu Peters Haus fuhr, um mit Fran und Philippa am Skript zu arbeiten. Sie waren noch ziemlich am Anfang und arbeiteten an den *Gefährten*. Dies war also der erste Ausflug in die Gollum-Welt seit den frühen Entwürfen. Wir redeten ganz allgemein über Gollums Herkunft, über die Beziehung zu Frodo und Sam, darüber, wie der Ring die moralische Standfestigkeit beeinflussen konnte. Sie waren ganz offensichtlich ein tolles Autorenteam und hatten eine Methode entwickelt, große Erzählstrukturen zu erhalten, dabei aber gleichzeitig die Freiheit zu haben, bestimmte Figuren genauer zu analysieren. Wir drei fanden, daß Abhängigkeit eine nützliche Formel für die obsessive, feige, gierige Natur Gollums war.

Die Fahrt zum Tongariro National Park dauert etwa vier bis fünf Stunden. Am 10. April war ich mit Elijah unterwegs, und wir verbrachten eine ganze Weile damit, uns kennenzulernen. Außerdem fuhr noch Barries Assistentin Janine Abery mit, die zu einer tollen Freundin werden sollte (Janine und Tanya, die ebenfalls mit Barrie arbeitete, waren die geduldigen, umsorgenden, aufrichtigen Freunde und Säulen der Schauspieltruppe. Sie arbeiteten hart und spielten gut, und wir alle bewunderten sie aufrichtig).

Ich bin immer ein großer Fan von Elijah gewesen, vor allem von seiner Leistung in dem Film *Der Eissturm*, und ich war ganz aufgeregt, mit ihm arbeiten zu können. Er verfügt über eine unglaubliche Tiefe und Lebenserfahrung, die so gar nicht seinem jugendlichen Alter entspricht, und ich sollte bald feststellen, daß seine Energie, seine Konzentration und allumfassende Professionalität

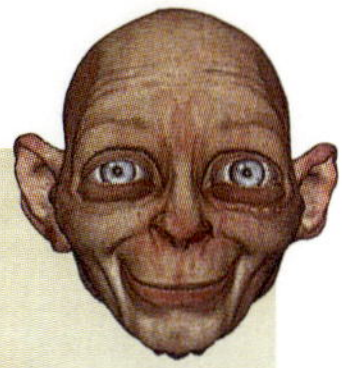

allen Mitspielern um ihn herum Kraft verliehen. Er *war* ganz einfach Frodo. Wir fingen vorsichtig an, die Beziehung zwischen Frodo und Gollum zu erarbeiten und uns dabei gegenseitig zu zeigen, worauf wir hinauswollten.

Wir waren auf dem Weg nach Mordor – passend zur Grandiosität des Films sollten wir gleich zu Anfang unserer gemeinsamen Dreharbeiten die Höhepunkte ihrer gemeinsamen Geschichte drehen. Und dann sahen wir in der Ferne unser Hotel – das Grand Château, das unterhalb des riesigen Vulkans Mount Ruapehu thront. Das Hotel aus den Zwanzigern, das uns alle an das Hotel in *Shining* erinnerte, sollte in den kommenden Wochen unser Zuhause sein. Jeden Abend trafen wir uns alle im Kinosaal des Hotels, tranken ein Bier, aßen eine Kleinigkeit und schauten uns an, was wir alle während der Dreharbeiten des Vortages so gemacht hatten. Die meisten Regisseure wollen nicht, daß die Schauspieler und das weitere Personal des Filmteams sich die Tagesaufnahmen ansehen; das ist nur ein Beispiel dafür, wie Peter uns allen das Gefühl gab, wir seien die Filmemacher, die die Geschichte lebendig zu machen versuchten. Es war fast so, als schaute man sich ein Video von der eigenen Familie an.

### Mit beiden Beinen auf dem Boden

Haare sind für mich als Schauspieler wichtig. Manche Schauspieler meinen, der Schlüssel zu ihrer Fi-

gur liege darin, welche Schuhe sie tragen, andere, was sie in den Taschen haben, bei mir sind es die Haare. Ich wollte den Wind auf meinem Schädel spüren, genau wie Gollum, wollte mich verletzlich fühlen, brutal, entmenschlicht. Gefangenen rasiert man den Schädel kahl und nimmt ihnen so die Identität. Ich wollte spüren, daß Sméagol seine Identität verloren hatte, also schor ich mir die Haare. (Außerdem hatte es den Vorteil, daß ich nicht die Kapuze mit den Augenschlitzen tragen mußte, unter der ich mir, zusammen mit dem hautengen Trikot, vorkam wie der Krüppel aus *Pulp Fiction*.) Langsam gewöhnte ich mich daran, daß ich weder Kostüm noch Maske hatte, die einem sonst helfen, sich in die Rolle einzuarbeiten.

Ich stieg in den Weta-Special-Effects-Make-up-Bus, der auf dem Parkplatz der Skipiste von

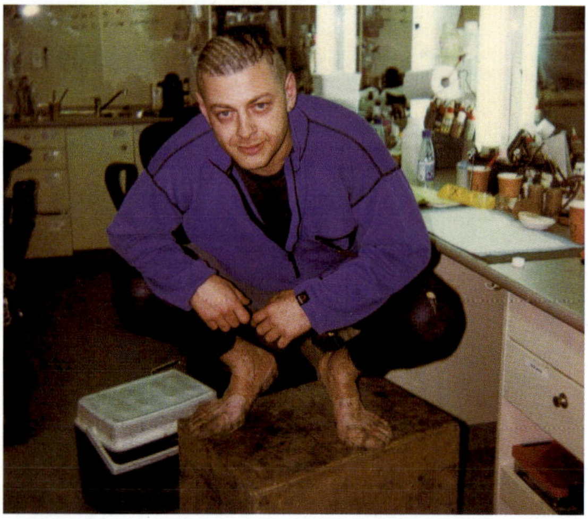

Whakapapa (ausgesprochen: Fackapapa) stand. Ich hatte darum gebeten, ein Paar Hobbitfüße probieren zu dürfen, um weiter an Gollums Bewegungen arbeiten zu können. Schließlich war er ja mal ein Hobbit gewesen, und obwohl er ziemlich abgemagert war, blieben die Knochen und seine Füße unverändert, und vom Kriechen und Klettern auf allen vieren waren seine Zehen noch kräftiger und krallenhafter geworden.

Sie dachten bestimmt: *Was ist denn das für ein Irrer?*, als ich mich hinsetzte, um mir ein Paar gebrauchter Sam-Gangee-Füße anpassen zu lassen.

„Aber Gollum kommt doch aus dem Computer, und Sie sind nur die Stimme, oder?" Ein Pfund für jedes Mal, das mir zu Anfang der Dreharbeiten jemand aus dem Team die Frage stellte, und ich wäre ein reicher Mann. *Stimmt schon*, wollte ich sagen, *aber ich spiele ihn auf dem Set, also benehme ich mich auch wie er; ich übernehme die Stimme, richtig, aber ich kann die Stimme nur übernehmen, wenn ich die Rolle übernehme, und das kann ich nur, wenn ich die Figur auch kenne, und eine Figur zu kennen heißt, sie zu verkörpern, also in ihrem Kopf, ihrer Haut, ihren Knochen zu stecken.* Aber dann erwiderte ich bloß: „Ja, ich bin nur die Stimme", und ließ sie in dem Glauben, ich sei ein wenig verschroben.

Schließlich hatte ich meine Füße, und ich verzog mich zwischen die Felsen, wo ich auf richtigem Boden herumlaufen konnte. Nach ein paar einsamen Stunden fühlte ich mich ihm näher, und das war gut, denn am nächsten Tag sollte ich die erste Szene drehen.

In dieser Nacht konnte ich nicht schlafen. Zu nervös. Kriegte Muffensausen. Also stand ich auf, als es noch dunkel war, setzte meine Kopflampe auf und ging joggen, hinunter zu den Tawhai-Fällen, wo ich ein paar Stunden damit verbrachte, mich einzustimmen. Dann kroch ich den ganzen Weg zurück (etwa einen halben Kilometer), bis mich jemand entdeckte. Also stand ich ganz lässig auf, ging an ihm vorbei und holte mir einen Kaffee aus dem Restaurant. Er muß mich für verrückt gehalten haben.

Ich kauerte in meinem Trikot im Wohnanhänger und wollte endlich los. Ich versuchte mich ganz auf die Figur zu konzentrieren und war ge-

Licht, das einem durch die Adern fließt, die blanke Ekstase des Kicks, das Gefühl, wirklich lebendig und für einen Augenblick allmächtig zu sein.

Ich denke, wir alle haben irgendwann diese körperlichen Symptome schon einmal verspürt, in einem Augenblick unkontrollierbarer Lust oder eines Verlangens nach etwas (oder auch nach jemandem). Es schien durchaus logisch, diese Vorstellung von Lust bis zu einem gefährlichen, psychotischen Grad weiterzutreiben. Meiner Meinung nach muß sich Gollum mit einem Maß an Besessenheit und Abhängigkeit auseinandersetzen, dem sich die meisten Menschen glücklicherweise nie ausgesetzt sehen. Aber welcher Sinn steckt dahinter, für die Macht des Rings eine nicht umsetzbare Vorstellung zu entwickeln? Die Schauspielerei hat etwas damit zu tun, dem Publikum eine Emotion, ein Gefühl, ein Konzept näherzubringen, also mußte ich dieses Übermaß an Gefühlen so übertragen, daß sich die Menschen damit auseinandersetzen konnten.

Wie wir wissen, können in unserer Gesellschaft Abhängigkeiten vielerlei Formen annehmen. Nahrungsmittel, Nikotin, Alkohol – all das macht, daß wir uns besser fühlen, es sei denn, diese Dinge kontrollieren uns, und dann beginnen wir sie zu lieben und zu hassen, wie wir uns lieben und hassen. Anorexie, Bulimie, Nikotinabhängigkeit oder Alkoholismus nagen an unserem mentalen und körperlichen Kern, und am Ende beherrschen und zerstören sie uns, bis wir glauben, nicht mehr ohne diese Dinge leben zu können. Wir leugnen, daß es ein Problem gibt, verwandeln uns in notorische Lügner

spannt wie eine Feder. Ich spürte, wie Gollums Blut durch meine Adern floß, ich war bereit, jetzt auf der Stelle. Eine Stunde verging, na los … na los … dann noch eine und noch eine. Schließlich: „Andy, sorry, heute brauchen wir dich noch nicht“ – ich wäre beinahe geplatzt, und ich hatte das Gefühl, ich hätte stundenlang die Luft angehalten –, „aber Randy Cook ist hier und möchte ganz gern ein paar Aufnahmen machen für die Animation.“ Randy und sein Kollege John Shields gingen mit mir zu einem felsigen Platz, und ich ließ Dampf ab, während sie Gollum in seiner natürlichen Umgebung filmten.

## Wahnsinn und Abhängigkeit

Begierde. Blanke, feige, animalische Begierde. Das Herz schlägt schneller, das Blut macht einem die Augen schwer vor Erwartung, der Mund wird trocken, der qualvolle Augenblick überhöhten Verlangens bringt einen bis an den Rand ungeheurer Schmerzen. *Ich brauche diesen Schokoriegel.* Dann die absolute Erleichterung, das goldene Gefühl von

und Betrüger, um unsere Sucht zu befriedigen. Diesen Teufelskreis zu durchbrechen ist sehr schwer, manchmal unmöglich.

Was aber, wenn einer gar süchtig ist nach Ladendiebstahl, Glücksspiel, Drogen? Süchtig nach Gewalt, Verbrechen oder Mord? Stellen Sie sich vor, Sie fühlten sich nur befriedigt, ruhig und zufrieden, wenn Sie getötet haben. Statt also hinauszustürmen und sich verzweifelt Zigaretten zu kaufen, müßten Sie jemanden angreifen und umbringen. Wie sehr würden Sie sich dann „lieben und hassen"?

Gollum ist völlig verkorkst. Er wird von einer Besessenheit beherrscht, einer schweren Bürde, die nur der Ringträger versteht. Im Laufe ihrer Queste offenbart er sich der einzigen Person, die ihn versteht: Frodo. Und Frodo kann Gollum deshalb verstehen, weil er selbst ebenfalls spürt, wie die Besessenheit in ihm wächst.

Ohne jemanden der Zuschauer ausschließen zu wollen, die Gollums labilen Charakter verstehen mögen, konzentriere ich mich vor allem auf die Vorstellung von Gollum als Drogensüchtigem. Er ist ein Ring-Junkie. Verstand, Körper und Seele werden von dem Verlangen nach dem Kick seines Schatzes angetrieben. Er wird psychisch und physisch gequält, als sei er auf hartem Entzug. Ihm ist schlecht, er fühlt sich elend, nervös, aufgeregt, und er würde alles tun, um seinen Kick zu kriegen. Er ist paranoid, schizophren, ein selbstsüchtiges, gefährliches Wrack mit Anflügen von Selbstüberschätzung. Gollum ist für immer in der Gewalt des Rings, in seiner eigenen Hölle.

Ich kenne eine Reihe von Leuten, die mit Abhängigkeiten verschiedenster Art kämpften, und ich bin immer wieder erstaunt über ihre Erfahrungen, den Wahnsinn, den sie erdulden mußten, und den Mut, mit dem sie sich Tag für Tag dieser Sucht stellten. Ich weiß auch, daß meine eigene Persönlichkeit mich unter anderen Voraussetzungen wohl durchaus dazu hätte verleiten können, eine andere Abzweigung auf dem Weg des Lebens zu wählen. Und während ich beginne, Gollum kennenzulernen, wächst in mir das Gefühl, Glück gehabt zu haben und noch einmal davongekommen zu sein.

**13. April 2000**

Ich wurde einen schmalen, einspurigen, felsigen Weg hinauf zu einem Skilift gefahren, der mich lautlos zu einem anderen Pfad brachte, der zum Set führte. Dabei handelte es sich um einen Felsvorsprung mit einem atemberaubenden Blick auf Tongariro und Mount Ngauruhoe. Wir drehten Szene 256, in der Gollum Frodo und Sam aus den Emyn Muil herausführt. Das ist eine Szene aus den *Zwei Türmen*, in der Gollum eine Felsrinne hinaufklettert und nach den Hobbits ruft, und endlich haben sie das Felslabyrinth hinter sich und blicken weit über die Totensümpfe.

Ich wurde zum Set geführt, um zum erstenmal mit dem Team zu arbeiten. Der Druck war groß. Ich wußte, ungeheure Erwartungen wurden in diese Figur gesetzt, die bei vielen Fans beliebt ist, und ich wußte, das Team konnte es kaum noch erwarten zu sehen, wie er gespielt wurde.

Die Leute staunten. Wer zum Teufel ist das? Und was, beim Namen Tolkiens, trägt er da? Ich sah, wie die Leute sich nur mühsam ein Grinsen verkneifen konnten und lautlos lachten. Glauben Sie mir, einem Team von etwa hundert Kiwis auf halber Höhe eines Vulkans in einem selbstgebastelten, gebatikten Fetisch-Outfit gegenüberzutreten, gehört zu den peinlichsten Augenblicken meines gesamten Lebens.

Ich versuchte, mich nicht weiter um das Gelächter zu kümmern, und dann kam Pete. Ich wußte, er würde für Ordnung sorgen, doch er sah mich kurz an und fing ebenfalls an zu kichern! Die Regieassistentin Caro Cunningham ging grob dazwischen. „Wir proben hier, also Ruhe oder verschwindet."

*Herrjeh,* dachte ich, *die macht aber nicht lang rum!* Pete rief Elijah, Sean und mich zu sich, um die Einstellung zu besprechen. Es war die erste Gollum-Szene (mal abgesehen von der vorhin erwähnten Schlechtwetter-Aufnahme), und allen flatterte noch ein wenig das Hemd – nur mir nicht, ich hatte ja keins an. Peters Vorstellung war kurz gesagt folgende:

1. Wir wollten die Szene mit mir zusammen drehen, und Elijah und Sean würden mit dem arbeiten, was ich ihnen vorgab. Das sollte die Referenzaufnahme sein, also die Vorlage für die Leute von den Visual Effects. Dazu sollte eine bewegungskontrollierte Kamera verwendet werden, damit die Einstellung beim zweiten Mal exakt wiederholt werden konnte, bei dem …

2. die Szene gedreht werden sollte, wobei ich den Text außerhalb des Bildes im selben Timing sprach. Elijah und Sean, die sich die Einstellung eingeprägt hatten, mußten sich also Gollum vorstellen (was mit weniger konzentrierten Schauspielern leicht zur Katastrophe wird).

3. Schließlich wurde eine leere Einstellung gedreht, also ohne Schauspieler, wobei die Kamera alles genauso aufnimmt wie vorher, um einen sauberen Hintergrund für die Animation zu haben.

Caro rief: „Action!"

Während ich die Felsrinne hinaufkrieche, sage ich mir im stillen vor: *Der Herr vertraut uns, ja, Schatz, hier entlang, ja, hier ist es richtig.* Dann, als ich am Felsvorsprung bin, rufe ich: „Schneller, Hobbits!" Ich zeige auf einen riesigen Blue-Screen-Hintergrund, Frodo überholt mich, und während Sam auf mich zukommt, denke ich: *Aber der andere tut uns weh, und wir hassen ihn,* und dann murmele ich: „Netter Hobbit."

„Unnnd SCHNITT!"

Endlich war ich keine Gollum-Jungfrau mehr. Ich hatte die erste Einstellung vom *Herrn der Ringe* gedreht. Ich war mir nicht sicher, was Pete wirklich von mir erwartete, und ich bin überzeugt, daß er es zu diesem frühen Zeitpunkt selbst nicht wirklich wußte. Er wollte einen Schauspieler am Set, aber ich glaube nicht, daß er von mir tatsächlich erwartete, daß ich eine perfekte Vorstellung hinlegte. Aber genau das versuchte ich ihm zu geben, weil ich gar nicht anders konnte. Ich weiß allerdings, daß Peter in den nächsten Wochen erkannte, hier

gab jemand Gollum ein emotionales Rückgrat, nicht nur eine Stimme, spielte die Szenen auch körperlich aus und leistete ganz konventionelle Schauspielarbeit, was die menschlichen Züge dieser Figur verstärkte. Daher begann er, mein Spiel vor der Kamera auf eine andere Ebene zu heben.

Elijah und Sean waren sicherlich seltsam berührt. Ich dachte: *Das muß doch vollkommen bizarr für die beiden sein, also, wenn ich sie anschaue, sehe ich Frodo und Sam, und ich greife ihr Spiel auf, aber wenn sie mich anschauen, sehen sie einen Mann im Affenkostüm, mit einem Gesicht, dem gegenüber Jim Carreys Fratze harmlos aussieht, und einer Stimme, die sich anhört wie eine Katze, die sich übergibt.* Ich bewunderte sie zutiefst dafür, daß sie mit mir arbeiten konnten. Zu Anfang war es nicht einfach, aber nach und nach kriegten wir den Bogen raus, überwanden die technischen Hürden und konzentrierten uns auf die Dramatik der einzelnen Szenen.

Als ich mich das erstemal auf der Leinwand sah, wollte ich unter einen Felsen kriechen und nie wieder hervorkommen. Es war einfach zu verrückt. Da waren Frodo und Sam, die durch die fürchterliche Felsenlandschaft von Mordor liefen, der Eindruck einer magischen Realität war perfekt, und plötzlich trottet dieser kahlköpfige Irre in blaßgrünem Latex ins Bild. Das Ganze war ein Albtraum, wie ein durchgeknalltes Bild von Dalí. Ich hatte das Gefühl, alle im Kino starrten mich an, und ich konnte kaum noch schlucken. *Ich will hier raus!*

KAPITEL DREI

# *Eine andere Welt*

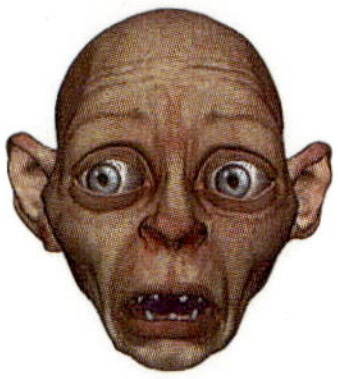

Ich liebe es zu arbeiten. Ich hasse es, auf Abruf bereitzustehen.

Ich stand auf Abruf bereit. Schon eine ganze Weile. So kann man damit umgehen:

1. Man sitzt stundenlang in voller Maske im Wohnwagen, dreht durch und arbeitet dann doch nicht.

2. Man verschwindet stundenlang mit einem Handy in der Tasche, um sich den Tongariro National Park anzuschauen, und arbeitet dann auch nicht.

Mark Ashton, ein wirklich außergewöhnlicher Regieassistent, hatte das zweite Gesicht und konnte ganz genau vorhersagen, was für den jeweiligen Tag das richtige wäre. Und es gab Zeiten, da stand ich tagelang auf Abruf.

Ich bin von Natur aus ein Outdoor-Typ, und ich habe viel Zeit in Berggegenden verbracht, war klettern und wandern. Von der Natur auf das rechte Maß gestutzt zu werden gibt mir immer das Gefühl, daß ich wirklich ganz den Moment lebe. Die Wildnis Neuseelands bietet einem diese Möglichkeit im ganz großen Stil.

Als erstes ging ich den Whakapapa Forest Walk, ein leichter Rundweg entlang der unteren Höhenlagen des Ruapehu, ein phantastischer Trampelpfad durch üppiges Buschwerk und vorbei an klaren Bächen. Ich dachte sehr viel über Gollums Einsamkeit nach, und die Zeit, die ich allein verbrachte, verstärkte dies noch.

Als nächstes stand die Überquerung des Tongariro auf meiner Liste – ein ganz unglaublicher Tages-Trip über Vulkanebenen, vorbei an den Emerald Lakes, den makellos geformten Vulkankegel des Mount Ngauaruhoe hinauf, vorbei an dem roten Krater, dann auf den Mount Tongariro und schließlich hinunter durch die Podocarp-Wälder. Es ist tatsächlich wahr, wenn es heißt: Neuseeland ist die Heimat von Mittelerde. Ich hatte das Gefühl, in einer anderen Zeit an einem anderen Ort zu sein, und ich bin tagelang fortgeblieben.

Als wir auf der Nordinsel drehten, schmiß der Production Manager Zane Weiner in Ohakune, einem Skisportort südlich des Mount Ruapehu, eine Party, die in einer einzigen Nacht beinahe das Wirtschaftsgefüge der Region durcheinandergebracht hätte. Es war einfach klasse, die Zeitungen berichteten darüber, und die Skeptiker nahmen es als Beispiel für die Dekadenz und Verderbtheit dieser komischen Filmleute. Ich kann mir überhaupt nicht vorstellen, wie sie auf solche Gedanken kommen konnten … die lebhafteste Erinnerung an die Nacht war die Rückfahrt zum Grand Château um zirka drei Uhr früh, und plötzlich stießen wir auf eine große Maorifamilie, deren Wagen in Flammen stand, meilenweit von jeder Ortschaft entfernt. Sie standen auf der Straße und drückten die Kinder und ihre wenige Habe an sich. Ich rief die Feuerwehr an, und glücklicherweise kam kurz darauf unser Sanitäter vorbei, und wir brachten alle ins Hotel. Es war keiner da, also verteilten wir sie auf die Zimmer und ließen sie ausschlafen.

Blauer Himmel. Die Flanke eines Vulkans in 1500 Metern Höhe.

„Und Action!“

„Wir hassen Beutlinssss.“ Ich springe durch die Luft, krache auf die Felsen, springe Frodo an,

kämpfe, rolle, rolle, rolle, würge, würge.

„Uuuund Schnitt. Stopp … STOPP. STOPP!!!“

Aber das war gar nicht so einfach, weil wir auf losem Gestein auf einem Abhang kämpften, bei

dem Spiderman seinen Spaß gehabt hätte.

„Okay, das sind die Referenzaufnahmen. Also, Andy, du bist soweit fertig, Elijah, du bist dran. Andy, wenn du bitte den Dialog machst und das Timing festlegst. Danke. Letzter Check. Kamera ab. Ton ab. Uuund Action!“

*Andy als Gollum:* „Wir hassen Beutlinssss.“

*Andy als Andy gibt Anweisungen:* „Springt durch die Luft, landet, springt Frodo an, kämpft …“

*Was eigentlich tue ich hier?*

## Andy und Randy unter den Nebelbergen

Am nächsten Tag beschlossen Randy Cook und ich, den Waitomo-Glühwürmchen-Höhlen einen Besuch abzustatten, um uns besser kennenzulernen, ein wenig über Gollum zu reden und die Höhlen zu erkunden. Die Fahrt von Whakapapa nach Waitomo war phantastisch, und als wir ankamen, schlüpften wir mutig in Taucheranzüge und schnallten uns Sauerstofflaschen um und ließen uns in ein schwarzes Loch in einem unterirdischen Fluß fallen, der durch die Ruakuri-Höhle floß.

Das Ganze war eine ungeheuer spannende dreistündige Expedition, die uns in eine vollkommen andere, faszinierende Welt versetzte, toll für das emotionale Gedächtnis, vor allem im Hinblick auf die Nebelberge. Und zwischen Ausbrüchen wilden Gelächters, wenn wir unerwartet in kleine Teiche fielen, und den Augenblicken, in denen wir die winzigen Lichtpunkte der Glühwürmchen bewunderten, stellte ich mir vor, wie Gollum einem unerwarteten Opfer seine unsichtbaren Finger um den Hals legt. Ein toller Tag, der durchaus passend damit endete, daß wir auf der Rückfahrt Louis Prima hörten.

## 20. April 2000

*„Heute ist mein Geburtstag, mein Guter, und ich will ihn …“*

Aber ich kriege ihn nicht, weil ich wieder mal auf Abruf breitstehe. Ich bin schon völlig frustriert, ich bin so voll mit Gollum und platze gleich, wenn ich ihn nicht rauslassen kann, aber nein, heute heißt's Wohnwagenwahn für dich, Serkis.

Geburtstage sind schon eine komische Sache, oder? Ich mag sie und auch wieder nicht. Ich war mir ziemlich sicher, daß niemand von meinem Geburtstag heute wußte, also suhlte ich mich ein wenig in Selbstmitleid, so weit weg von Zuhause in meinem Wohnwagengefängnis zu hocken. Und dann dachte ich: *Also gut, als er Déagol tötet, hat er doch wirklich Geburtstag. Warum läßt Tolkien ihn ausgerechnet an jenem Tag Geburtstag haben, an dem ihn der Schatz findet? Oder hält Gollum nur eine Lüge aufrecht, um ein wenig Mitleid zu erheischen? Und ist alles, was Gandalf Frodo berichtet, die reine Wahrheit oder nur seine eigene Version?* Nachdem ich ein paar Stunden lang damit verbracht hatte, darüber zu grübeln, wurde ich glücklicherweise erlöst und konnte ein paar Referenzaufnahmen mit Randy machen. Wir arbeiteten an einer frühen Fassung der Szene, in der sich die

gespaltene Persönlichkeit Gollum/Sméagol zeigt, damit die Zeichentrickleute darüber nachdenken konnten, wie sich die Physiognomie ändern könnte.

Dann überreichte mir Janine im Produktionsbüro zu meiner Überraschung eine riesige Geburtstagstorte, und an dem Abend schmissen wir eine Party … an die ich mich überhaupt nicht mehr erinnern kann.

Zu den Osterfeiertagen fuhren die meisten Leute nach Wellington zurück. Ich hatte mich entschieden, in der Natur zu bleiben.

Ich erlebte ein tiefsitzendes Gefühl von Einsamkeit, was sowohl gut als auch schlecht war. Gut, weil Gollum eine zutiefst einsame Gestalt ist, aber schlecht, weil ich den Eindruck hatte, daß die Kollegen über ihre Rollen zueinander gefunden hatten – sie waren die Gefährten oder die Hobbits, aber ich war dieses merkwürdige, unbekannte Etwas, bei dem die Leute nicht wirklich wußten, wie sie sich verhalten sollten. Sie waren nicht unfreundlich – ganz im Gegenteil –, ich hatte nur das

Gefühl, etwas außerhalb der Bruderschaft der Schauspieler zu stehen, und ich war mir sicher, das hatte zumindest auch etwas mit meinem Bedürfnis zu tun, mich eher abseits zu halten. Sie können mit jedem Schauspieler reden, der an diesen Filmen mitgearbeitet hat, und er wird Ihnen sagen, wie sehr die Rolle mit der eigenen Person verschmolz. Das geschah automatisch. Billy und Dom waren unzertrennlich, Elijah und Sean fühlten sich wie Brüder. Außerdem darf man nicht aus den Augen verlieren, daß wir über alle Winkel Mittelerdes verstreut waren und daß sieben Teams, die wenigstens an drei verschiedenen Storys dranwaren, auf zwei Inseln drehten. Ich sollte nicht ein einziges Mal mit Ian McKellan (Gandalf), mit Brad Dourif (Gríma Schlangenzunge), Christopher Lee (Saruman), Viggo Mortensen (Aragorn), Liv Tyler (Arwen), Miranda Otto (Éowyn), Orlando Bloom (Legolas), John Rhys-Davies (Gimli/Baumbart) oder Sean Bean (Boromir) drehen.

Jedenfalls hatte ich mich entschlossen, mich für eine Weile ganz Gollums Wut und Selbsthaß zu überlassen. Also machte ich mich auf den Weg zum Wanganui River. Ich wollte einen Nachmittag lang auf diesem entlegenen Fluß Kanu fahren, mir eine Hütte oder Unterkunft suchen, am Skript arbeiten und mit der Natur eins werden. Die Fahrt nach Whakahoro, dem Ausgangspunkt meines Wasserabenteuers, sollte ein paar Stunden dauern.

Und die Moral von der Geschicht' lautet, wie jeder Pfadfinder weiß, „Sei bereit". Was ich natürlich nicht war. Als ich mein Kanu auf den Anhänger hob, um es zum Wasser zu bringen, sah ich, wie zwei andere Kanufahrer jede Menge Ausrüstung und Nahrungsmittel in Fässer packten und sie auf ihren Booten festzurrten. Der Mann, der mir das Kanu vermietet hatte, hatte noch gefragt, ob ich einen Spritzschutz wolle, was ich ablehnte,

weil ich dachte: *Spritzschutz ist was für Weicheier, und außerdem bin ich doch nur für ein paar Stunden unterwegs. Ich werd ein bißchen naß, na und?* Falsch. Der Mann erklärte mir, die Fahrt den Wanganui runter dauere drei Tage und zwei Nächte. Ich wußte nicht, was ich machen sollte. Jetzt hatte ich den ganzen Weg hierher zurückgelegt, und ich hatte nichts mit.

„Wollen Sie nun fahren oder nicht?“ fragte er.

„Ich habe keinen Proviant und keine Campingausrüstung mit“, erwiderte ich.

„Kein Problem, bedienen Sie sich einfach im Gefrierschrank und holen Sie sich Gemüse aus dem Garten“, bot er mir freundlicherweise an.

Ich bin Vegetarier, da war ein Eisschrank voller Lammkoteletts nicht sehr hilfreich, aber ich fand Brot und ein Glas mit vegetarischem Brotaufstrich in einem Schrank, und dann pflückte ich im Garten schnell noch ein paar Tomaten.

Und dann saß ich im Kanu und wollte mich vom Ufer abstoßen. *Was zum Teufel mache ich eigentlich hier?* dachte ich. *Ach, was soll's, das wird bestimmt ein Abenteuer.* Der Mann hatte mir erzählt, unterwegs gebe es zwei Campingmöglichkeiten, wobei es sich beim zweiten um ein *marae* handele (ein Maori-Gebiet, auf dem ein spirituelles Gemeinschaftshaus, ein *whare*, stand), und er hatte mir eine fotokopierte Landkarte gegeben und gesagt: „Ich sehe Sie dann in drei Tagen in Pipiriki.“

Ich stakte los und glitt langsam stromabwärts, und ich war ganz aufgeregt und auch ein wenig ängstlich. Drei Tage lang allein in einem Kanu!

Es war idyllisch: blauer Himmel, ein riesiger Canyon mit überhängendem üppigem Wald öffnete sich, und das Wasser tröpfelte hörbar an der senkrechten Wand herunter. Ich kam mir vor wie Martin Sheen in *Apocalypse Now.* Ich paddelte etwa eine halbe Stunde langsam vor mich hin, dann machte der Fluß eine kleine Rechtsbiegung.

Auf einmal trieb eine tote Kuh an mir vorbei. In der Ferne war ein schwaches Rumpeln zu hören.

*Was ist das denn?* Es wurde lauter ... und immer lauter ... und dann begann mein Herz zu rasen, und die Angst packte mich, als mir klar wurde, daß ich offenbar auf Stromschnellen zusteuerte.

Wenige Sekunden später wurde ich umhergeschleudert, schlug gegen Felsen, doch auf wundersame Weise schaffte ich es, nicht zu kentern. Ganz aufgeregt, noch am Leben zu sein, sah ich mir die durchweichte fotokopierte Karte an, und dann wäre es mir lieber gewesen, ich hätte es nicht getan.

Bis Pipiriki sind es 97 Kilometer. Zwischen Whakahoro und Pipiriki gibt es 121 Stromschnellen. Ich hatte mir schon bei der ersten einen seelischen Schaden fürs Leben geholt, und nun lagen noch 120 vor mir!

Aber ich kriegte ziemlich schnell den Bogen raus, und es begann mir sogar Spaß zu machen, und ich genoß den Adrenalinschub, den man nur bekommt, wenn man versucht, am Leben zu bleiben. Der Wanganui ist wohl der schönste und spirituellste Fluß, den ich mir vorstellen kann, er ist eng mit der Geschichte und den Sagen der Maori verknüpft. Langsam ließ ich mich auf die Atmosphäre des Flusses ein.

Bei einsetzender Abenddämmerung stieß ich auf den Campingplatz. Also, für mich bedeutet das einen Ort mit einer heißen Dusche und einem kleinen Laden, wo man sich eine Dose Baked Beans kaufen kann, aber hier war es einfach das einzige winzige Stückchen ebenen Bodens, wo man in dem Canyon überhaupt an Land gehen kann, und von einem heruntergebrannten Feuer stieg noch eine Rauchsäule auf. Als es dunkel wurde und ich nichts als die wilden Tiere hören konnte und ohne Zelt, Schlafsack oder Lampe dasaß, nur mit einem nassen Brot, dem Brotaufstrich, einer zerdrückten Tomate und meiner alten zerlesenen Ausgabe des *Herrn der Ringe*, wurde mir klar, ich hatte eine lange Nacht vor mir.

Und gerade als es zu dunkel wurde, um weiterzulesen, hörte ich Stimmen stromaufwärts, und siehe da, vier Mitglieder des Stadtrats von Wellington tauchten in ihren Kanus auf, und es wurde noch ein toller Abend. Jonathan, Rory, John und Brendan teilten Essen und Wein mit mir, ja sogar ihr Zelt. Sollte ich sie jemals wiedersehen, werde ich sie in das tollste Restaurant ihrer Wahl zum Essen einladen. Sie waren erstaunt, daß ich hier allein und ohne Proviant unterwegs war, und sie konnten es einfach nicht fassen, den Mann kennenzulernen, der den Gollum spielte.

Ich wachte gegen fünf Uhr auf und stieg wieder in mein Kanu. Ich mußte ein ziemliches Stück zurücklegen, um es bis Tieke Marae zu schaffen, etwa 60 Kilometer. In der Nacht hatte es geregnet, das Wasser war gestiegen und floß nun viel schneller, aber ich schaffte es, alle Stromschnellen zu meistern. Ich genoß diese unglaubliche Wildnis, und ich konnte mich viel besser mit Gollums Einsamkeit auseinandersetzen.

Am Abend traf ich im *marae* ein. Als Besucher *(manuhiri)* wurde ich durch den Begrüßungsruf *(karanga)* der Gastgeberin des *marae* an Land gebeten. Wir drückten unsere Nasen gegeneinander *(hongi)*, dann durfte ich hinein. Es wurde ein unvergeßlicher Abend. Alle zusammen bereiteten das Essen, aßen und wuschen ab. Geschichten wurden erzählt, Lieder gesungen, und einer der jungen Männer ließ ein *haka* (einen Kriegsruf) erschallen. Ich fühlte mich sehr geehrt, die Kultur der Maori auf derart persönliche Art in einer so idyllischen Umgebung kennenlernen zu dürfen. Ich schlief im Gemeinschaftshaus und brach früh am nächsten Morgen wieder auf.

Der letzte Abschnitt der Fahrt war einfach phantastisch, der Fluß bahnte sich sanft mäandernd einen Weg nach Süden. Das Maori-Motto für den Wanganui lautet: „Ich bin der Fluß, und der Fluß bin ich", und langsam fühlte ich mich ihm selbst merkwürdig verbunden, und als ich mich dem Ziel näherte, war ich ganz traurig, daß diese zauberhafte Reise zu Ende ging. Ich hatte das Gefühl, monatelang fortgewesen zu sein.

Als wir wieder im Morgul-Tal waren, sollten wir die Eingangsszene aus der *Rückkehr des Königs* drehen, in der Gollum versucht, die Hobbits zu wecken und zur Eile anzutreiben. Aber es fing an zu schneien, und wir steckten in unseren Wohnwagen fest. Dann lichtete sich der Himmel wieder, und wir konnten zurück an die Arbeit.

Langsam wurde es Zeit, die Nordinsel zu verlassen und zurück nach Wellington zu fahren, um dort im Studio weiterzuarbeiten. Doch zuvor schaffte ich es, noch ein paar Tage in den Tongariro-Bergen zu verbringen, davon einen Tag auf dem Gipfel des Ruapehu mit seinem riesigen dampfenden Kratersee, bevor ich am darauffolgenden Tag nach Westen fuhr und den makellos symmetrischen Kegel des Mount Taranaki bestieg. Den Sagen zufolge gehörte Taranaki einst zu den Tongariro-Bergen. Doch Tongariro überraschte Taranaki mit Pihanga, ihrem Geliebten, einem kleinen Vulkan. Voller Wut brach er aus, und Taranaki floh nach Westen, wobei sie eine tiefe Schlucht hinterließ, den Wanganui River. Die Maori hatten Angst, daß die beiden vulkanischen Liebenden vielleicht eines Tages wieder zusammenkommen könnten, und ließen das Gebiet zwischen ihnen unbesiedelt. Langsam bekam ich Heimweh. Ich hatte Angst, ich könnte zur Geburt unseres zweiten Kindes nicht Zuhause sein, und die ewigen Telefonate hingen mir zum Hals raus. Eines Nachts schrieb Ruby folgendes Gedicht:

*So viele Wochen sind vergangen,*
*Seit ich*
*Deine wunderbare Stirn*
*Zum Abschied küßte.*
*In all der Zeit*
*Habe ich nur*
*Den Planeten umrundet,*
*Berge erklommen,*
*Pferde geritten,*
*Flüsse befahren,*
*Die Milchstraße gesehen*
*Und Schwefelseen.*
*Während du,*
*Mein wunderbares Kind,*
*Die Welt von der Tür aus*
*Gesehen hast*
*Und dich fragtest,*
*Größer wurdest*
*Und sie im Innersten verstanden hast,*
*Ohne dich von der Stelle zu rühren.*

*Ruby, mein Liebling,*
*Jedes Wunder, das sich*
*Meinem suchenden Blick zeigt,*
*Ist trüb, verglichen*
*Mit dem strahlenden Gedanken an dich,*
*Wie du dich Tag für Tag veränderst.*

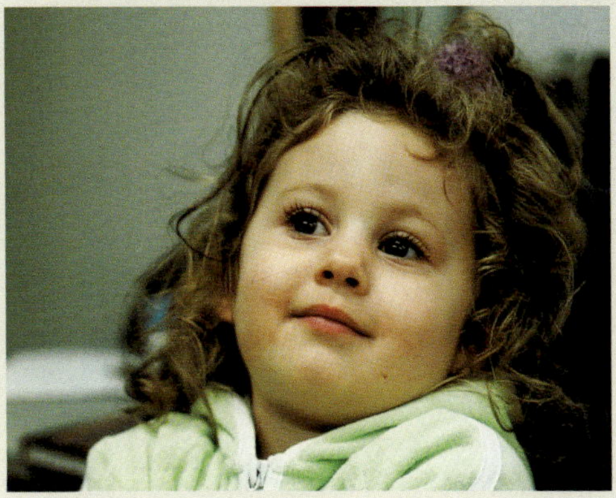

KAPITEL VIER

# Motion Capture

Nach der Osterpause begann ich zum erstenmal wirklich zu begreifen, wie die verschiedenen Abteilungen, die sich mit Gollum befaßten, einander zuarbeiten. Es sind grob gesagt vier Bereiche:

1. *Am Set:* Referenzpositionen und Aufnahmen auf 35mm-Film.

2. *Motion Capturing:* Die Übernahme all der Bewegungen des Schauspielers in Echtzeit in das vom Computer generierte Modell von Gollum.

3. *ADR (Additional Dialogue Recording):* Tonspur, anhand derer die Trickfilmer arbeiten können.

4. *Animation:* Die Entwicklung und Ausarbeitung der Figur, Bild für Bild, unter Einsatz von 1–3, um Gollum zu den anderen Schauspielern in Szene zu setzen.

Am 1. Mai lernte ich in einem anderen umgebauten Studio im Miramar das Mocap-Team (motion capture) kennen. Ich war ganz aufgeregt, weil ich wirklich nicht wußte, was mich erwartete. Auftritt

*Gollum ist eine Figur, die man nicht im Gummianzug hätte spielen können, weil er ja wirklich mit den anderen Schauspielern interagieren muß. Er ist ziemlich durchgeknallt, aber er hat auch diese sanften Augenblicke, wo er fast menschlich wirkt, eine Art abgemagerter ET. Es ging sogar so weit, daß wir glaubten, wir müßten diesen Burschen vollständig im Computer zusammenbasteln, aber gleichzeitig auch dafür sorgen, daß er in seinen Bewegungen und seiner Sprechweise vollkommen real wirkt. Also entschieden wir uns für Animation mit Hilfe von Motion Capture, und wir ließen Andy Serkis wirklich nur jede erdenkliche Bewegung machen. Andy stürzte sich richtig in die Rolle und gab uns mehr, als wir jemals für nötig erachtet hätten, und wir mußten das Ganze nur noch auf diesen abgemagerten Gollum auf dem Bildschirm übertragen. Das war noch viel erstaunlicher, als man es sich vorstellen kann, aber so wurde Gollum lebendig. Wir wollten nicht, daß die Leute im Kino sitzen und denken, Gollum ist aber eine wirklich erstaunlich gute CG-Schöpfung, wir wollten sie glauben machen, er existiert wirklich. Er muß sich bewegen können wie ein wirklicher Schauspieler, sich bewegen und mit den anderen Personen interagieren.*

*Jim Rygiel, Visual Effects Designer*

Patrick Runyon, ein großer Mann mit leiser Stimme, der vorher schon mit Löwen und anderen Großkatzen gearbeitet hat, Chef der Abteilung, und sein Team, bestehend aus Ramon, einem mexikanischen Puppenspieler, Greg, der an Videospielen gearbeitet hat, und James (Moggey) und François, die Computercracks.

Im Halbdämmer erläuterten sie mir die Technik, die, wie ich erfuhr, tatsächlich aus der medizinischen Forschung stammt und nach und nach über die Videospielindustrie in die Unterhaltungswelt eingedrungen ist. Dann paßten sie mir einen speziell entworfenen schwarzen Anzug an, auf dem mit Hilfe von Velcro an den strategisch wichtigen Punkten, dort, wo sich der Körper verbiegen kann oder die Gliedmaßen ansetzen, hochreflektierende Referenzpunkte angebracht waren.

Dann führte man mich auf ein kleines Podium, das von Scheinwerfern und Kameras umgeben

war. Ich stand mit ausgestreckten Armen da und kam mir vor wie ein Weihnachtsbaum. Die Kameras, die mich ringsum im Visier hatten, fingen mich ein. Durch die Koordinierung der Aufnahmen in einem dreidimensionalen Raum und durch Eingabe in den Computer verwandelte ich mich in einen digitalen Andy Serkis. Jemand drehte den Monitor zu mir hin und sagte, ich solle meine Arme bewegen. Der virtuelle Andy tat es mir nach. Ich machte ein paar einfache Bewegungen. Dann wurde mir mitgeteilt, daß wir das Ganze morgen wiederholen würden, nur daß dann auf dem Bildschirm nicht ich zu sehen sein würde, sondern Gollum. Ich konnte es kaum erwarten.

Am nächsten Tag wurden die Bewegungsmöglichkeiten geübt, die ich in Verbindung mit dem Gollum-Modell erarbeitet hatte, damit die Referenzmuster für später gespeichert werden konnten und so ein Bewegungskatalog entstand, auf den die Animatoren zurückgreifen konnten. Danach sollten wir einen Teil einer Szene ‚mocappen', die nach weiterer Bearbeitung vielleicht schon im fertigen Film landen könnte.

Anzug an, und los ging's, nur daß ich diesmal eine Brille trug, die in Echtzeit zeigte, was ich als Gollum machte. Ramon erklärte mir, es sei mehr, als würde man eine Puppe führen als schauspielern: es ginge also darum, den Gollum auf dem Bildschirm mit Leben zu erfüllen. Ich glaubte zu verstehen, was er meinte, und setzte die Brille auf. Was für ein Ding! Jetzt begriff ich sofort. Ich versetzte mich in Gollums Rolle, krümmte mich, kauerte mich hin und spreizte die Finger, und Gollum – in der Brille – reagierte, spiegelte auf wundersame Weise meine Bewegungen, wenn auch leicht übertrieben. Das Modell verfügte bereits über vorbestimmte Muskel- und Knochenstrukturen, und das bedeutete, ich mußte mich weniger verrenken, als wenn ich vor Publikum spielte, um denselben Effekt zu erzielen.

Ich lebte in einer vollkommen eigenen künstlichen Welt. Langsam wurden mir die Möglichkeiten für ein wirklich subtiles, behutsames Cyber-Agieren bewußt, und ich lauerte, hüpfte, kroch, schüttelte mich und schlief als Gollum. Schließlich mußten sie mich mühsam wieder in die Wirklichkeit zurückholen, und wir bereiteten uns darauf vor, die Szene aufzunehmen, in der Gollum Frodo und Sam die tückisch steilen Stufen zu Kankra hinaufführt, als er plötzlich den Ring zu sehen kriegt (der an einer Kette um Frodos Hals baumelt) und für einen Augenblick vom Verlangen nach seinem „Schatz" übermannt wird.

Randy und ich unterhielten uns darüber, wie die Szene angelegt werden sollte, und ich schaute mir die Standfotos mit Elijah an, auf die wir unser Spiel abstimmen mußten. Dann spielte ich die Szene, und zum erstenmal wurde ich dabei gefilmt, wie ich mit einem anderen Schauspieler agierte, obwohl dieser überhaupt nicht anwesend war. Am Ende dieser Session, nachdem ich die Szene auf verschiedene Arten gespielt hatte, kam heraus, daß die glaubwürdigste Szene die ruhigste, am wenigsten zappelige war. Ich könnte mir keine bizarrere Möglichkeit vorstellen, zu lernen, wie man auf der Leinwand agiert, als diese. Randy wies darauf hin (und an dieser Stelle zeigte sich, wie wertvoll seine Fähigkeiten als Schauspieler, der zum Trickfilmer wurde, waren), daß man zwar in Versuchung gerät, die Figur ständig in Bewegung zu halten, wenn man eine Geschichte Bild für Bild erzählt, daß es aber meist stärker wirkt, nichts zu tun. Schaut man die Szene später an, wirkt sie wie aus einem Stummfilm, wo jedes Gefühl sich in der Bewegung ausdrückt – man kann sofort erkennen, ob man es richtig rübergebracht hat oder nicht.

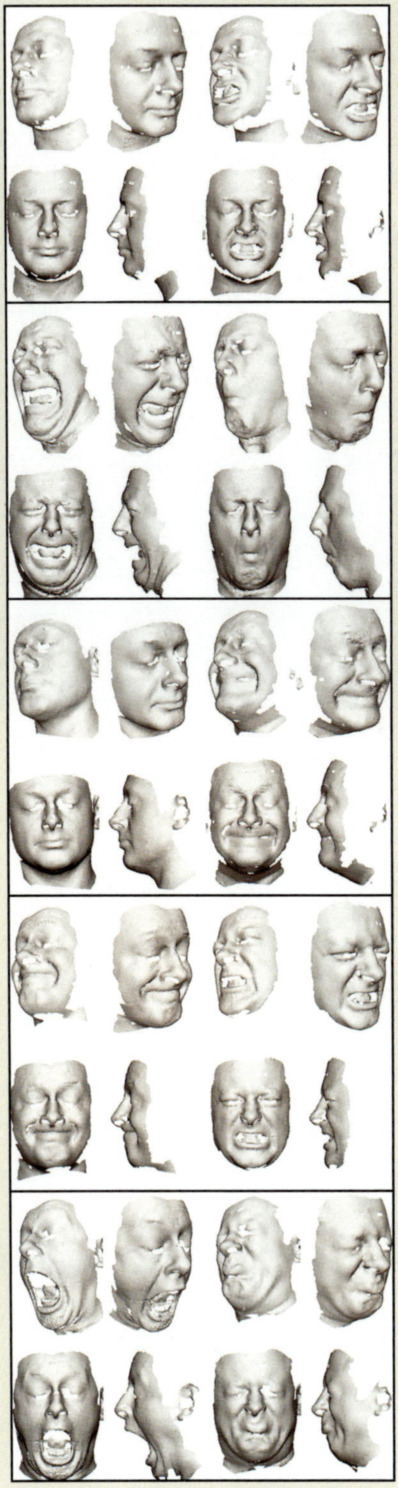

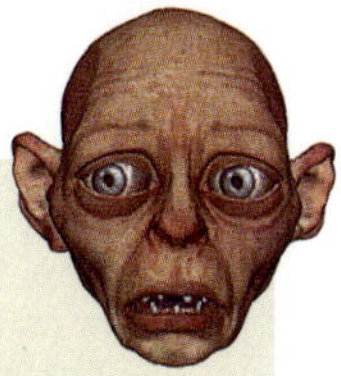

*CGI ist ein nützliches Werkzeug, weil es der Schauspielerei sehr nahe kommt, wenn auch in 24 verschiedenen Bildern, bei denen man wissen muß, wann man einen gelungenen Ausdruck festhält, wann man einfach eine riesige Reaktion braucht, wann Gollum blinzeln muß (weil er ziemlich nervös ist und diese Glubschaugen hat), und so weiter. Es gibt gewisse Dinge, die er tun muß, die aber recht schwierig sind, weil er doch so eine extreme Figur ist, und wenn man nicht aufpaßt, übertreibt man schnell. Er hat einen kleinen Adamsapfel, und an einer Stelle haben wir zuviel Zeit vertan, uns zu überlegen, wie oft der Adamsapfel beim Sprechen etc. rauf und runter geht. Man kann sich leicht mit all dem kleinen, unbedeutenden Kram verzetteln, denn wir wollten ihn doch zum Besten machen, das es je gegeben hat. Oder jemals geben wird, denn wir wollten Gollum zur Meßlatte machen.*

*Animation funktioniert in gewisser Hinsicht genau wie die klassische Trickfilmzeichnerei, nur dreidimensional und über Computertastatur gesteuert. Man kann so viele Bewegungen einbauen, wie man will, und man kann nicht nur die einzelnen Bilder animieren, sondern auch die Sequenzen dazwischen. Das ist sehr vielseitig anwendbar, doch eigentlich versuchen wir etwas zu machen, das wie ein lebendiger Organismus wirkt, und dazu muß es vor allem lebensecht wirken und eine charismatische Vorstellung liefern – es muß glaubwürdig sein, gut spielen und ein wenig vom Zauber der Leinwand rüberbringen!*

*Wir haben die unterschiedliche Mimik Andys oft fotografiert und gescannt – aber die Art, wie sich ein volles Gesicht bewegt, unterscheidet sich von den Bewegungen eines spitzen Gesichts: Hautfalten, Fett, Muskulatur und Bedeutung der Mimik sind anders. Es können zwei unterschiedliche Gesichtsausdrücke sein, obwohl beide Gesichter dasselbe tun. Also fertigten wir ein sehr gutes Modell von Gollum an, Andys Gesichtszüge spiegelten sich in denen von Gollum wider, aber es war nicht leicht, sich Andy als jemand Hageres vorzustellen, also mußten wir eine Menge Aufnahmen von Andys genauem Mienenspiel machen. Der wissenschaftlich richtige Ansatz wäre gewesen, Andy hungern zu lassen und ihm sechs Monate lang jeden Schlaf zu entziehen, aber davon wollte er einfach nichts wissen.*

*Randall William Cook, Animation Design Supervisor*

Ich verbrachte den nächsten Morgen mit einem Spaziergang durch Wellington, als Fran mich plötzlich anrief. Sie teilte mir mit, welche Szenen jetzt mit Dialogen unterlegt werden sollten und daß ich die Rolle des jungen Sméagol übernehmen sollte, worüber ich mich sehr freute. Der junge Sméagol ist Gollum, bevor er vom Ring korrumpiert wird. Er tötet seinen jüngeren Vetter Déagol, um den Ring für sich selbst zu haben. Es schien logisch, die Rolle von demselben Schauspieler spielen zu lassen, und es gab mir außerdem die Gelegenheit, tatsächlich auf der Leinwand zu erscheinen und die Verwandlung und den Verfall zu Gollum zu spielen. Ich kehrte ins Hotel zurück und arbeitete den Rest des Tages an den Szenen für morgen. Zum Essen traf ich mich mit Randy, und wir sprachen die Szenen durch; er hatte die Regie für die Tonaufnahmen übernommen. Das Tolle war, daß wir wirklich auf einer Wellenlänge waren, was die Figur betraf, ihre Abhängigkeit vom Ring und wie Gollum auf bestimmte Situationen reagierte.

Als wir am nächsten Tag die Tonaufnahmen machen wollten, war der Computer abgestürzt. Statt dessen arbeitete ich mit Bay Raitt, der an Gollums Gesicht arbeitete und herausfinden wollte, wie meine Gesichtsmuskulatur zu der Gollums paßte. Bay malte mir Linien über das ganze Gesicht und teilte es wie eine Landkarte in verschiedene Muskelgruppen auf. Dann scannte er mein Gesicht in den Computer. Anschließend stellte er mich in die Mitte eines Gestells mit Spiegeln und bat mich, verschiedene Bewegungen zu machen, zum Beispiel die Stirn runzeln, die Lippen schürzen. Er hatte eine ganze Liste. Am Ende fühlte ich mich wie nach einer Gesichtsgymnastik und hatte Maulsperre.

Wir hatten wirklich viel Spaß, und im Laufe der nächsten Jahre arbeiteten wir häufig zusammen, ich kam hin und wieder auf ein Schwätzchen in seiner Werkstatt vorbei, um zu sehen, wie sich Gollums Gesicht entwickelte. Er brachte mich immer zum Lachen, denn manchmal unterbrach er mich mitten im Satz und sagte: „He, Andy, tut mir leid, aber kannst du das nochmal machen?"

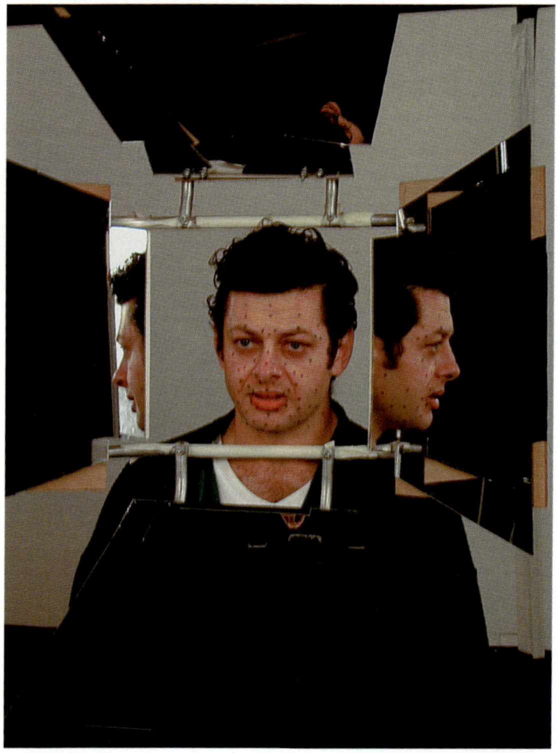

„Was?"

„Du hast gerade deine Nasenflügel so irre aufgebläht."

„Ach, wirklich?"

„Ja, es ist unglaublich. Ich kenne keinen, der das kann."

„Ähm, tja … Danke für das Kompliment."

*Jetzt hab ich geglaubt, ich erzähl was Interessantes, und dabei schaut er nur, wie ich meine Nasenflügel aufblähe.*

Am Wochenende fuhr ich wieder nach Ohakune, wo ich mich mit ein paar Leuten von der Weta Crew zum Klettern traf. Wir landeten am Westufer des Lake Taupo bei der Whanganui Bay und verbrachten einen phantastischen Tag mit ein paar schwierigen Klettertouren in den Felsklippen der Bucht, die zu einem Maori-Gebiet gehört. Es war sehr idyllisch, und ich kann nur jedem empfehlen, diese unglaublich schöne Landschaft zu besuchen.

Als ich an jenem Abend wieder im Powderhorn Hotel war, verabredete ich mich mit Keith Stern, den Ian McKellen mir vorgestellt hatte. Keith kümmerte sich um Ians Website, und wir redeten über die Möglichkeit einer Site auch für mich. Ich hatte nie daran gedacht, daß ich selbst mal eine haben könnte, aber es schien mir eine gute Idee zu sein, meine bisherige Arbeit mit der an Gollum zu verbinden: Ich würde ja nicht selbst auf der Leinwand erscheinen, wollte aber die Möglichkeit haben, den Leuten zu zeigen, daß ich nicht nur aus Pixeln bestand. Das kann man jetzt unter www.serkis.com nachschauen.

Dann ging ich zu Bett, konnte aber nicht schlafen, weil in einer Ecke des Zimmer irgend etwas raschelte. Plötzlich wachte ich auf … mit einer Maus auf der Stirn.

# KAPITEL FÜNF

# *Murmeln und Gurgeln*

Ich kapierte das einfach nicht. Man hatte mir das gesamte Skript der drei Filme gegeben und mich gebeten, alle Texte von Gollum und Sméagol zu sprechen. Ich hatte nicht die leiseste Ahnung, wie das gehen würde. In meiner Naivität war ich davon ausgegangen, daß es sich um Tonbandaufzeichnungen handeln würde, mit denen dann die Trickfilmer arbeiten würden. (Die Wahrheit könnte nicht ferner liegen. Noch jetzt, mehr als drei Jahre später, muß ich immer noch letzte Tonaufnahmen machen!) Da mußte es irgendeine Fehlkommunikation gegeben haben, und ich war am Boden zerstört. War denn nicht die gesamte Aufzeichnung der Szenen mit Elijah und Sean überflüssig, wenn ich den Text schon aufzeichnen sollte, *bevor* ich mit den beiden spielte? Es gab keine bereits geschnittenen Szenen auf dem Bildschirm, denen ich folgen konnte, mal abgesehen von der Szene im Prolog, wo Bilbo den Ring findet und Gollum entdeckt, daß er verschwunden ist. Ich fiel in ein kreatives Loch, und dabei hatte ich gedacht, daß wir genau das vermeiden wollten. Aber so wollten sie es von mir, also fingen wir an.

Dabei lernte ich Mike Hopkins und Chris Ward kennen, mit denen ich zusammenarbeitete, und wir sollten noch viele, viele Stunden im Kino von Camperdown verbringen und an Gollums Stimme arbeiten.

Normalerweise steht man an einem Pult, wenn man eine Szene mit Dialog versieht, das Skript vor sich, Kopfhörer über den Ohren, aus dem man den ursprünglichen Ton hört, und dann schaut man auf die Leinwand und synchronisiert den Text zu den Lippenbewegungen. Manchmal ändert man auch etwas, wenn der Regisseur eine Änderung wünscht.

Bei Gollum war das alles anders. Erstens konnte ich auf keinen Fall aufstehen, denn Körperhaltung und Stimme waren untrennbar miteinander verbunden – Gollum mußte kauern und auf allen vieren hocken, damit die Stimme funktionierte –, also mußte Chris das Mikrofon sehr tief hängen, um es meiner Körperhaltung anzugleichen. Das wurde zu einer Art Ritual. Zweitens gab es zu diesem Zeitpunkt noch gar keinen Film, weil wir die meisten Szenen noch nicht gedreht hatten. Ich spielte also ins Blaue hinein. Drittens fand ich die Kopfhörer sehr schwierig, wegen der Art, wie ich den Ton hervorbrachte; ich preßte meine Stimmbänder zusammen, und das klang mir dann in den Ohren. Waren die Ohren außerdem noch bedeckt, hatte ich das Gefühl, halb taub zu sein.

Dies war der erste wirkliche Test, ob die Stimme auch durchhielt. Wie lange konnte ich diese Stimme beibehalten, bevor meine Kehle nicht mehr mitmachte? Zu Anfang war es sehr anstrengend, aber wie bei allen Muskeln, die regelmäßig beansprucht werden, wurden auch meine Stimmbänder kräftiger und robuster. Dazu brauten wir noch einen „Gollum-Saft" zusammen – Zitrone, Honig, Ingwer und heißes Wasser –, den ich eimerweise trank, um alles gut zu ölen.

Wir arbeiteten an der Szene Bilbo/Gollum. „Wenn du soweit bist, Andy ... Take Eins."

Ich stürzte mich mit geradezu lächerlicher Geschwindigkeit hinein und war viel zu unkonzentriert und ließ jegliche Klarheit vermissen. Das Ganze hörte sich nur nach Gestolper und blankliegenden Nerven an, ein Klangteppich aus unverständlichem Gebrabbel. Der Druck war ungeheuer groß, und ich dachte schon: *Das schaff ich im Leben nicht bis zum Ende.*

Ich versuchte es erneut, Take Zwei. Ein wenig langsamer und konzentrierter, aber immer noch zu schwammig. Take Drei, und so weiter. Ich bemerkte ein paar sehr interessante Dinge, so war es zum Beispiel praktisch unmöglich, die „l"s so auszusprechen wie in dem Wort Elben. Nach dieser Session setzte ich mich mit Mike hin, um die Szene zusammenzuschneiden. Wir verwendeten verschiedene Abschnitte einzelner Takes und setzten daraus ein Band zusammen, fügten sogar stellenweise einen Echo-Effekt ein, um Gollums Höhle zu simulieren. Das Band schickten wir dann Pete. Doch ich war zutiefst verunsichert, daß wir die Rolle so völlig isoliert aufnahmen, aber vor allem, daß ich nur so kurz mit Peter darüber geredet hatte.

Nach ein paar Tagen war ich völlig konfus, und die Luft war raus. Ich hatte instinktiv den Eindruck, daß das nicht der richtige Ansatz war, also beschloß ich, der Produktion einen Brief zu schreiben. Ich erläuterte darin, wie die Session gelaufen war und daß die Arbeitsmethode nicht ganz das war, was man mir erzählt hatte. Wenn man bei einer Produktion dieser Größe mitarbeitet, dann möchte man nur im äußersten Notfall den Druck noch weiter erhöhen, unter dem sowieso schon alle stehen, aber zu diesem frühen Zeitpunkt schien mir das eine sehr wichtige Frage zu sein.

Am selben Abend spielte ich mit Dom und Billy Poolbillard im Hotel Bristol, und danach gingen wir indisch essen. Ich hatte noch einen Tag mit experimentellen Tonaufnahmen vor mir, die Fran und Philippa leiten sollten, und dann wollte ich nach Hause fliegen.

Ich hatte eine fürchterliche Nacht und machte mir unentwegt Sorgen, was die Aufnahmen bringen würden und ob mein Brief meine Befürchtungen klar genug zum Ausdruck gebracht hatte. Das indische Essen tat sein Übriges. Dann rief mich Barrie an und zerstreute zu meiner größten Erleichterung meine Befürchtungen. Der Brief stieß auf Verständnis. Offenbar war der Sinn der Tonaufnahmen, Peter verschiedene Versionen der Figur zu liefern, zwischen denen er auswählen wollte; außerdem stellten sie den Versuch dar, Gollums Sprache eindeutig festzulegen. Für normale Ohren war die Szene mit Bilbo praktisch unverständlich, und es gab durchaus die Sorge, New Line könne befürchten, daß das amerikanische Publikum nichts verstehen würde. Außerdem war nichts von dem, was wir aufgenommen hatten, schon definitiv im Kasten, denn bei den Szenen handelte es sich um Rohfassungen und nicht um Peters bereits ausgewählte Aufnahmen. Ich war zutiefst erleichtert.

Fran, Philippa und ich begannen, mit der Stimme zu experimentieren. Ich versuchte, bei demselben

*Die Stimme für Gollum einzufangen und zu entwickeln war eine lange und interessante Queste für das Post-Production-Sound-Team. Mike Hopkins und ich fingen schon im Dezember 1999 damit an, Andys Stimme aufzunehmen, um ein paar erste Testdialoge für die Trickfilmer zu liefern, damit sie anfangen konnten. „Andy brauchte nur den Mund aufzumachen und wir nur die Ohren aufzusperren, um zu hören, wozu er in der Lage war, und wir wußten, wir hatten unseren Gollum gefunden, und wir waren uns sehr sicher, daß wir die Stimme nicht mehr verändern mußten", sagt Mike. „Die meisten können es kaum glauben, daß die ursprüngliche Stimme nicht elektronisch aufbereitet ist, um vielleicht die Struktur oder das Timbre in Gollums Stimme zu verändern, und selbst anderen Tontechnikern fällt es schwer zu glauben, daß der Zauber zu 100 Prozent Andys Werk ist."*

*Die wahre Herausforderung bestand darin, Andys Leistung dynamisch und natürlich einzufangen. Ziel dabei war, die gesamte Technologie zwischen Andy und dem Endergebnis möglichst transparent zu halten, da wir die Stimme während der Aufnahmen auf gar keinen Fall einfärben wollten. Wir waren bei der Auswahl unseres Equipments und der Stellung des Mikrofons sehr vorsichtig, vor allem, weil wir nicht wollten, daß Andy an irgend etwas anderes als an seine Aufgabe denken sollte. Andy entschied sich, auf der Aufnahmebühne auf allen vieren zu kauern, um sicherzustellen, daß die Stimme aus der richtigen Körperregion kam, auch wenn das sehr anstrengend war. Er verbrachte viele Stunden in dieser Position und erforschte die Möglichkeiten der Stimme – eigentlich nur, um sicherzustellen, daß sie verständlich blieb, dann aber auch, um die feineren Unterschiede zwischen den gespaltenen Persönlichkeiten Gollum und Sméagol herauszuarbeiten.*

*Zu Anfang, also bevor die Animation Gollums umgesetzt war, spielte Andy zur Inspiration neben einem Modell Gollums, doch als der Animationsvorgang schon weiter fortgeschritten war, konnte er sich während der Tonaufnahmen selbst auf einer großen Kinoleinwand sehen, wie er nahtlos mit den anderen Schauspielern in der Szene interagierte. An dieser Fassung feilte das engagierte Team der Dialogbearbeiter Jason Canovas, Ray Beentjes und Martin Kwok, die die besten Aufnahmen von Andy zusammentrugen, damit der Ton zu der Handlung paßte, was die Illusion nur noch perfekter machte.*

*Chris Ward, ADR Recordist*

Stück Text eine Bandbreite an Möglichkeiten zu liefern, was sehr aufschlußreich war: Je langsamer und mühevoller es sich anfühlte, desto klarer und vielschichtiger war das Ergebnis.

Die allgemeine Daumenregel, auf die wir kamen, lautete: Sméagol hat eine höhere, nasalere Stimme und spricht schneller als Gollum, dessen Stimme tiefer und gutturaler klingt. Wir nahmen auch eine Stimme des jungen Sméagol auf, die milder, leicht nasal klingt, eher wie meine eigene Stimme.

Bevor ich den Heimflug antrat, wurde ich für ein letztes Experiment zum Mocap-Studio gebracht. Wir versuchten, den Bewegungsablauf Bild für Bild einzufangen, wie Gollum nach dem Ring greift, während Frodo die Stufen des Cirith Ungol hinaufsteigt. Aber wir hatten Schwierigkeiten, den Sound ins Studio einzuspielen, damit ich die Bewegungen synchron dazu ausführen konnte. Die Zeit lief uns davon, und ich dachte schon: *Schaffe ich es noch pünktlich zur Geburt nach Hause? Ich muß diesen Flieger erwischen.* Schließlich hatte Randy Cook einen Geistesblitz. Er rief an, ich glaube beim Schnitt, und die spielten die Szene über die Videomaschine direkt ins Telefon. Randy hielt mir den Hörer hin, und ich spielte die gesamte Szene mehrmals zu der leisen, gurgelnden Stimme Gollums übers gute, alte Telefon! Low-tech, aber wirkungsvoll. Als ich endlich zum Flughafen aufbrach, dachte ich noch: *Ein gutes Beispiel dafür, wie wir diese außergewöhnlichen Filme machen – eine Mischung aus hochkomplizierter, ultramoderner Technik und jeder Menge Pfadfinder-Selbstvertrauen.*

Auf dem Heimflug grübelte ich über die Zeit nach, die ich gerade mit Gollum verbracht hatte,

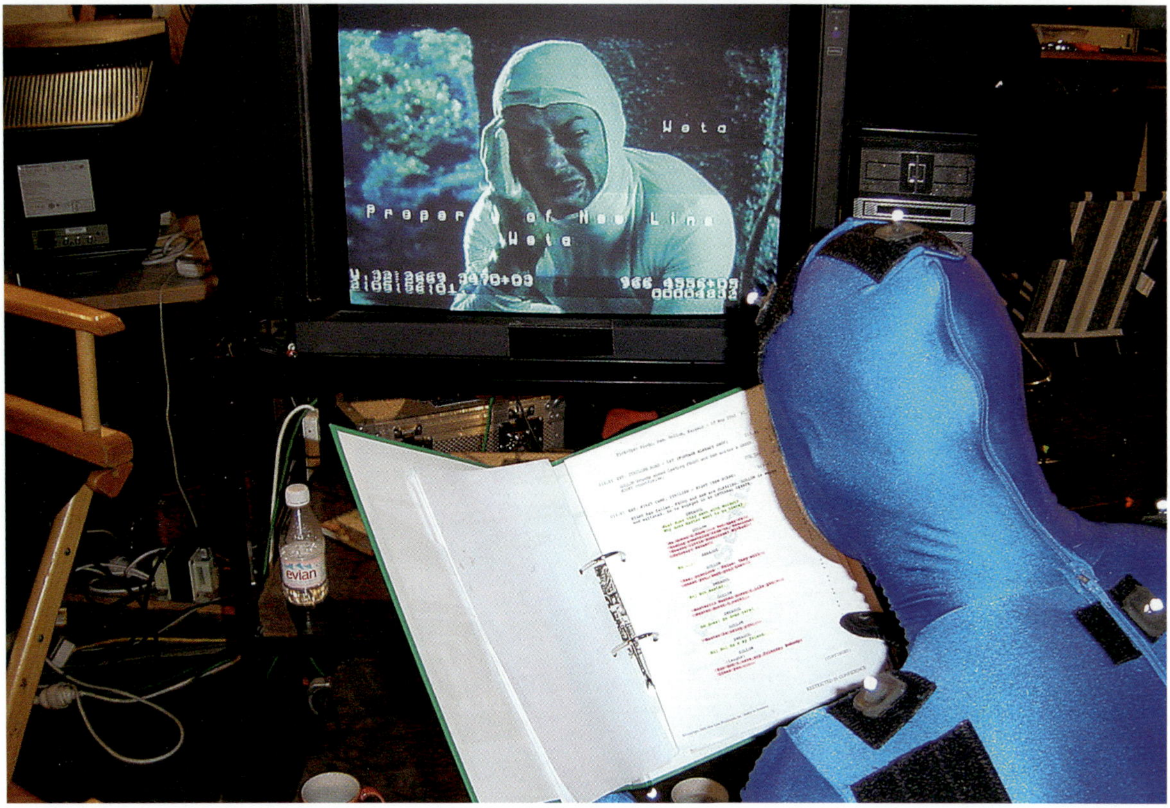

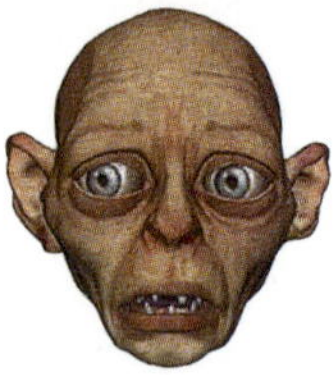

und darüber, was gut war an der Arbeit und was frustrierend. Ich kam zu zwei positiven Schlußfolgerungen:

*1. Ich muß mich an den Gedanken gewöhnen, daß dieser Job streckenweise ziemlich mühsam werden wird, daß meine Queste als Schauspieler bei diesem Projekt sehr unkonventionell und vollkommen anders sein wird als alles, was ich je gemacht habe, und daß das Endergebnis noch lange nicht in Sicht ist, daß aber der Prozeß und die Entdeckungen Tag für Tag aufregend sind und ich einfach vertrauen und jeden Tag so nehmen muß, wie er kommt.*

*2. Ich darf nicht enttäuscht sein, wenn wir am Ende des Tages eine Szene im Kasten haben, ich aber überhaupt nicht das Gefühl habe, etwas erreicht zu haben. Ich beneide Elijah und Sean. Wenn sie am Abend fertig sind, dann ziehen sie ihre Hobbitfüße aus und entspannen sich in der Gewißheit, daß sie eine Szene fertig haben. Vielleicht ist es klasse gelaufen oder nicht so gut, wie sie gehofft haben, jedenfalls ist die Szene im Kasten, fix und fertig, und sie müssen sie nie wieder drehen. Die Spontaneität, die Stimmung des Augenblicks, der Geniestreich, ja selbst fehlende Eingebung, alles ist da auf Zelluloid gebannt. Ich hingegen komme mir vor wie in einer Zeichnung von M.C. Escher ohne Anfang und Ende. Daß ich niemals in der Lage sein werde, sagen zu können, klasse, die Szene hab ich hingekriegt! Das wird wohl zweieinhalb Jahre lang nicht passieren. Geduld, Serkis.*

Und dann tauchten plötzlich folgende Teufelchen auf und raunten mir ins Ohr:

*3. Sei gewarnt, Serkis. Bereite dich auf das Schlimmste vor. Vergiß nicht, am Ende gibt es keine Garantie, daß es überhaupt ein Erfolg wird. Gollum könnte eine Katastrophe werden, und Millionen von Tolkienisten rufen die* Fatwah *gegen dich aus und wollen deinen Kopf, und du wirst dir eine neue Identität suchen müssen und mußt für immer auf einer Insel leben. Du wirst Jahre deines Lebens vergeuden, und deine Kinder werden groß werden und dich hassen, weil du nie da gewesen bist, als sie noch klein waren. Sie werden dich auf der Straße verleugnen, weil ihre Schulfreunde über den Mann kichern und mit Fingern auf ihn zeigen, der in einem Latex-Anzug rumrannte. Du wirst nie wieder Arbeit finden, dein Ruf wird im Eimer sein, du wirst in die Filmgeschichte eingehen als der Mann, der ein Meisterwerk ruiniert hat. Mach lieber gleich Schluß, bevor es zu spät ist. Na los, Serkis, bezahle jemanden, damit er dir die Beine bricht, noch ist Zeit, niemand wird überhaupt merken, daß du verschwunden bist!*

Mir wurde klar, wie sehr mir Gollum unter die Haut gegangen war und daß er eine ganze Weile dort bleiben würde, mit Warzen und allem. Ein ziemlich erschreckender Gedanke auf dem Heimweg zu meinen Lieben.

Der Wagen hielt vor unserem Haus, und ich sah das buntgemalte Schild WELCOME HOME DADDY. Ich sah mich um, die Bäume trugen Blätter, es war Sommer. Die Haustür ging auf, und da waren sie. Ich hob Ruby hoch (die einige Zen-

timeter größer geworden war) und umarmte Lorraine, die dem großen Tag schon sehr nahe war.

Sonny wurde am 6. Juni 2000 in einem Geburtsbecken in unserem Wohnzimmer geboren. Es war ein strahlend sonniger Tag, und ich könnte stundenlang davon erzählen. Sonny war noch winzig klein und sah ganz genauso aus wie ich. Er kam tropfnaß aus dem Becken und hatte diesen unschuldigen, aber weisen Blick von Neugeborenen, so als hätten sie schon alles gesehen. Das erstaunliche, zerknautschte Gesicht eines alten Mannes auf dem unberührten weißen Leib eines Babys. Er erinnerte mich wirklich an Sméagol. Hört sich furchtbar an, oder? Mein Sohn ist gerade auf die Welt gekommen, und schon bringe ich ihn mit einem jämmerlichen Ring-Junkie in Verbindung. Eigentlich erwähne ich das auch nur, weil Sonny und Ruby beeinflussen sollten, wie sich Sméagol in meinem Kopf darstellte. Der unauslöschliche Widerspruch zwischen der Unschuld der Kindheit und dem Verlust dieser Unschuld waren Themen, denen wir nachgehen mußten. Fran arbeitete ebenfalls daran und holte sich beim Schreiben eine Menge an Ideen von ihren eigenen Kindern.

Die Zeit flog nur so vorbei, und wir hatten kaum Gelegenheit, Atem zu schöpfen, abgesehen von einer wunderschönen Woche in Devon, bevor wir Pläne schmiedeten, diesmal gemeinsam als Familie nach Neuseeland zurückzukehren.

Der Jetlag kann schon ziemlich anstrengend sein, wenn man allein ist, aber wenn die inneren Uhren von vier Leuten durcheinandergeraten, dann ist das ziemlich verwirrend. Wir wohnten im Duxton Hotel, bis wir ein Haus gefunden hatten, und Ruby wollte um zwei Uhr früh in den Park. Wir verbrachten so manche Nacht damit, die Flure auf- und abzulaufen, bis wir endlich ein frühes Frühstück bekamen. Einmal spielten wir sogar im Mondschein auf den großen Rutschen am Strand. Alles, nur keinen Schlaf. Sonny hatte einen unglaublichen Husten – es hörte sich an, als ob ihm die Rippen brechen wollten –, und wir fragten uns schon, ob das wirklich eine so tolle Idee gewesen war, die Kinder mitzunehmen.

An meinem ersten Arbeitstag sollte ich zu Weta Workshop, um mir eine Ganzkopfmaske anpassen zu lassen. Diese sollte dem Special-Effects-Make-up-Team ermöglichen, die Masken anzufertigen, die für den Wandel vom jungen Sméagol zu Gollum nötig waren. Hier lernte ich zum erstenmal den ungeheuer fähigen Maskenberater Gino Acevedo kennen. Sie schmierten mir das Gesicht mit Vaseline ein und bemalten es dann mit Algenate, einer warmen klebrigen Paste, die aushärtet, danach kam eine Schicht Gips. Das Ganze brauchte seine Zeit, und ich wurde

vorgewarnt, daß man durchaus klaustrophobische Beklemmungen dabei bekommt, und ich sollte ein Zeichen geben, wenn es ein Problem gäbe.

Mein Kopf wurde bis zu den Schultern eingegossen. Immer mal wieder fragte jemand: „Alles okay, Andy?“ Dann reckte ich einen Daumen in die Höhe. Ich war allerdings noch so müde, daß ich nach etwa zwanzig Minuten eingeschlafen war. Sie bekamen dann natürlich keine Antwort mehr von mir und machten sich nach einer Weile Sorgen, ob dies nicht der erste Mordfall mit Gips als Tatwaffe war.

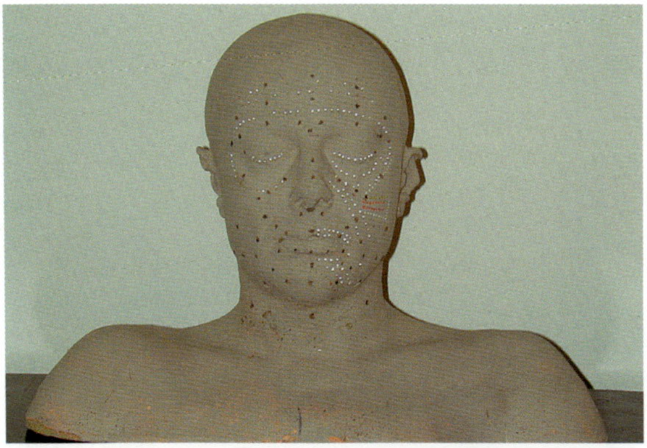

Im September 2000 zogen wir endlich in unser Haus in Miramar. Wirklich toll war die Tatsache, daß es nah genug zum Studio war, um zu Fuß gehen zu können. Am Wochenende vor den Filmaufnahmen machten wir einen Ausflug zu den Seehundkolonien am Cape Palliser, zweieinhalb Stunden von Wellington entfernt. Sie lagen ganz abseits, es war sehr windig, und Ruby konnte kaum stehen, aber wir fanden die Seehunde. Man darf dabei nicht vergessen, daß man nicht zwischen das Meer und die Tiere gerät, weil sie sich sonst bedroht fühlen. Theoretisch hört sich das ganz einfach an, aber da sie recht gut getarnt sind, hatten wir doch plötzlich das Meer hinter uns und ein paar sehr unglückliche, bellende Fleischberge vor uns, die auf uns zugehoppelt kamen. In diesem Augenblick flog mir meine funkelnagelneue Weta-Baseballkappe vom Kopf und landete direkt neben dem offenen Rachen der Mutter aller Robben. Eine Sekunde lang dachte ich daran, sie mir wiederzuholen, doch dann überkam mich die Vernunft, und wir liefen davon.

Auf dem Heimweg regnete es, das Wasser fiel so dicht, daß die Scheibenwischer kaum dagegen ankamen; in diesem Augenblick sahen wir etwas sehr Merkwürdiges. Aus dem Nichts tauchte eine Frau Mitte siebzig auf der Straße vor unserem Wagen auf. Man konnte sie nur schwer erkennen. Wir hielten an, und sie erklärte uns, sie sei am Steuer ihres Wagens eingeschlafen und von der Straße abgekommen, der Wagen sei in eine tiefe Schlucht gerutscht und in einem Fluß gelandet. Wie durch ein Wunder hatte sie sich nur einen Zahn angeschlagen. Wir fuhren sie zurück zu ihrem Dorf, das nicht gerade in der Nähe lag, und sie rief ihren Mann an, daß er uns entgegenfahren solle. Die Frau hatte einen Schock, hielt sich aber tapfer. Endlich sahen wir die Scheinwerfer vom Wagen ihres Mannes. Er kurbelte seine Seitenscheibe herunter, beugte sich hinaus und meinte nur trocken: „Du hast also die Brücke verpaßt? Sowas kommt vor.“

Lorraine und ich waren erstaunt über diese scheinbar ungerührte Reaktion auf den so gefährlichen Unfall seiner doch älteren Gattin. Aber diese taffen Kiwis lassen sich durch nichts so leicht erschüttern. Man macht eben keinen Riesenaufstand darum. Als ich dann mit dem Mann in die Schlucht hinabstieg, um nachzuschauen, was mit dem Wagen war – der faktisch nur noch Schrottwert hatte –, sagte er nur: „Man könnte fast glauben, sie hätte auch gleich wieder auf der anderen Seite rausfahren können.“ Er beugte sich durch die geborstenen Scheiben ins Auto, griff sich einen Sixpack Bier und schlenderte zu seinem Auto zurück. Ich dachte nur: *Kein Wunder, daß wir hier den* Herrn der Ringe *drehen, der Menschenschlag ist ja wirklich eisenhart.*

## KAPITEL SECHS

# *Sméagols Zähmung*

Gollum taucht zum erstenmal auf, als er in den Emyn Muil die Klippe hinunterklettert und seinem Schatz sehr nahe kommt, bevor Frodo und Sam einen Angriff wagen und ihn überraschen. Es kommt zu einem erbitterten Kampf mit Gollum, der alles tut, um an den Ring zu kommen; er beißt Sam, und am Ende zieht Frodo Stich und hält ihn Gollum an die Kehle. Ich war vor allem daran interessiert, eine Möglichkeit zu finden, den Übergang zu spielen, wie der aggressive Gollum sich plötzlich ergibt – Tolkien beschreibt die Stelle sehr schön, Gollum sinkt zu Boden „wie ein nasser Lappen" –, denn dies widerspricht vollkommen der Erwartung des Publikums hinsichtlich dieser heimtückischen kleinen Kreatur.

Steve Reinsfield und Tim Wong, die Stuntmen (wir nannten sie liebevoll Stunties) hatten eine Kampfszene choreographiert, die Elijah, Sean und ich dann auf uns anpaßten, bevor wir sie Pete zeigten, der noch seine eigenen Änderungen vorschlug. Er war vor allem daran interessiert, daß der Kampf mit einer Einstellung endete, die die erstaunliche Illustration von Alan Lee in der Jahrhundertausgabe von *The Lord of the Rings* wiedergab. Darin liegt Gollum auf dem Rücken und hat seine Beine um Sam geschlungen, und Frodo reißt Gollums Kopf an den Haaren zurück und hält

*Auf der Bühne spielte Andy mit Frodo und Sam – er steckte in seinem Kostüm, und wir drehten, wie Andy mit ihnen spielte, und er vertiefte sich so weit er konnte in Gollums geistige Verfassung. Dieser Aufgabe war er zutiefst verpflichtet, und er tat Dinge, die man nicht unbedingt von einem Schauspieler erwarten würde – er pflügte durchs Unterholz, machte Überschläge, ging überhaupt sehr körperbetont vor. Dann drehten wir die Szene ohne ihn, und Frodo und Sam redeten ins Blaue, etwa dorthin, wo der animierte Gollum dann auftauchen würde.*

*Ich glaube, Andy verlieh dem Film Gollums schauspielerische Leistung. Wir haben den Animatoren jede Szene gezeigt, in der er mitgespielt hat, und das diente dann als Grundlage für Gollum. Andy ist ein großer Teil der endgültigen computergenerierten Figur; er hat ihr nicht nur seine Stimme geliehen, sondern auch dessen körperliche Ausdruckskraft.*

Fran Walsh, *Co-Autorin*

ihm Stich an die Kehle. Wir nahmen diese Positionen ein und arbeiteten uns dann rückwärts vor, um festzustellen, wie der Kampf zu dieser Schlußszene führen konnte. Dann fügten wir noch ein paar Bewegungen ein, die zum felsigen Untergrund paßten. So klettert Gollum erst auf den Felsen, bevor er Frodo anspringt. Schließlich legten wir genau den Ort des Geschehens fest.

Für die eigentliche Aufnahme wurde eine bewegungskontrollierte Kamera eingesetzt, so daß die Einstellung genau nachgespielt werden konnte, ohne daß ich im Bild war. Bei der zweiten Einstellung taten Elijah und Sean dann so, als wäre ich dabei. Und danach gab es eine Aufnahme der leeren Kulisse für den Hintergrund.

Dann probten wir die Szene immer und immer wieder, erst langsam, dann immer schneller. Ich hatte mich seit Ewigkeiten auf diese Szene eingestellt. Wir waren alle bereit, und endlich rief Pete: „Action“, und wir drei stürzten aufeinander los wie die Teufel. Am Ende fielen wir vor Erschöpfung zu Boden. Sean hatte einen Hobbit-Zeh verloren, und meine Lungen brannten wie Feuer. Wir warteten darauf, daß Pete etwas sagte, bekamen aber nur zu hören: „Ähm, ja, ja, das war schon gut, aber da muß noch ein wenig mehr Power rein, Jungs.“ Wir verbrachten den ganzen Tag mit der Aufnahme der Kampfszene, und wir haben sie sicherlich dreißigmal aufgezeichnet.

Die nächste Szene zeigte Gollum, der von Sam an einem Seil hinter sich hergezogen wird und bei dem Schatz schwört, Frodo, dem Ringträger, zu dienen. Gollum verspricht ihnen, sie zu dem Schwarzen Tor von Mordor zu führen. Meinem Instinkt folgend wollte ich Gollum in dieser Szene als störrisches Kind zeigen, das einen Tobsuchtsanfall kriegt, um sich durchzusetzen, und dann als das mitleidheischende passiv-aggressive Kind, als er bei dem Ring schwört und Frodo ihn von den Fesseln befreit. Auf diese Weise konnten Gollums melodramatische Aufführungen durchaus auch ein wenig Humor zeigen, der ja auch einen wichtigen Bestandteil seiner Persönlichkeit darstellt. Wir lachen über ihn, weil er eine solche Jammergestalt ist. Ich entwickelte dies alles nach meinen Erfahrungen mit Ruby, die sich aus dem Supermarkt schleifen läßt, sich ans Süßigkeitenregal klammert, sich zu Boden wirft und sich windet und krümmt, als ginge die Welt unter, und alle Kunden bleiben stehen und schauen entsetzt zu. Ich kam mir schon

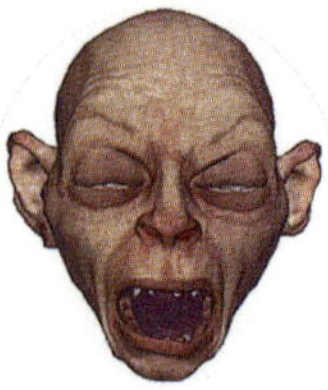

fast wie Sam vor, wenn er sagt: „Jeder Ork in Mordor wird diesen Krach hören!“ Wie bei vielen anderen Einstellungen auch entwickelte sich diese Szene weiter, als wir anderthalb Jahre später im Motion-Capture-Stadium daran arbeiteten, indem wir noch andere, tiefere Schichten einbauten, aber so sah mein erster Ansatz aus.

Bei einem Großteil der Emyn-Muil-Sequenz führte Geoff Murphy Regie. Er hatte in den Siebzigern unter anderem kultige neuseeländische Filme wie *Utu* und *Goodbye Porkpie* gedreht und brachte nun seinen riesigen Erfahrungsschatz in diese Arbeit ein. Er ist wahrhaft ein Mann, der weiß, was er will, und ist auch sonst eine beeindruckende, stets über eine Zigarette gebeugte, Lee Marvin-hafte Gestalt in einem langen abgewetzten Ledermantel. Am ersten gemeinsamen Arbeitstag beäugte er mich mißtrauisch, als ich ins Set trat, und dachte wohl: „Was zum Henker trägt der

denn da?“ Aber das war ich auch schon von anderen gewöhnt. Nach der ersten Aufnahme hörte ich seine krächzende Stimme hinter dem Monitor und fragte mich, was er wohl von dem allem hielt. Plötzlich stand er auf und sagte rundheraus: „Herrjeh, ich dachte, bei diesem Film ist es unmöglich zu übertreiben, bis ich Sie sah.“

Dem Mythos zufolge hatten wir in all den vier Jahren einen Riesenspaß, und keiner ärgerte sich je über irgend etwas. Aber in Wahrheit gab es zu dieser Zeit etwa eine kurze Phase, in der es für mich sehr düster aussah; Gollums Galle floß langsam durch Andys Adern. Aber heftig. Mann, was bin ich froh, daß diese Szenen nicht auf der DVD als Special Feature gelandet sind. An einem ganz besonderen Tag verlor die Kunst, sich vor den Cyber-Thespiskarren spannen zu lassen, all ihren Reiz …

*Ich hasse meine Arbeit, ich hasse die Tatsache, daß ich nur ein, zwei Chancen bekomme, meine Nummer zu probieren, und selbst dann scheint es scheißegal zu sein, weil doch sowieso niemand eine Ahnung hat, was ich hier mache. Wozu bin ich überhaupt hier? Ich weiß, Gollum wird vom Computer animiert, und trotzdem muß ich doch in der Lage sein, meine Leistung abzuliefern. Ich hasse die Tatsache, daß meine Aufnahmen Referenzaufnahmen heißen, und wenn ich dann aus dem Bild trete und die Kamera sich nur auf Elijah und Sean richtet, dann heißt es, okay, jetzt drehen wir richtig. Was soll das heißen, sind meine Aufnahmen keine richtigen Aufnahmen? Ich reiß mir hier den Arsch auf, und wofür? Wenn ich das Ganze mit Maske spielen würde, dann würden es alle bestimmt viel ernster nehmen. Ich mache das jetzt Monat um Monat, aber jetzt reicht's, ich hab die Schnauze voll. Wenn ich doch nur eine normale Figur spielen würde, ich meine, die anderen haben wenigstens ihre Kostüme und ihr Make-up, um in die Welt ihrer Figuren zu versinken, und ich? Ein blödes, bescheuertes Stretchkostüm, das ich HASSE.*

Ich habe das Ganze sprachlich ein wenig bereinigt, damit alle in der Familie es lesen können, aber wie Sie sehen, war ich nun wahrlich kein glücklicher Ex-Hobbit. Dazu kam noch, daß Sean, Elijah und ich an dem Tag einen ziemlichen Streit am Set hatten. Wir haben uns seither darüber unterhalten und haben herausbekommen, woran es lag. Sie hatten sehr hart an den *Gefährten* gearbeitet und waren zu gestreßt, so daß sie nicht voll bei der Sache waren. Ich hingegen war bis obenhin mit Gollum angefüllt und wollte alles herauslassen. Ich war vollkommen überspannt.

Die Arbeit war noch am Anfang, und es gab noch viele Unsicherheiten. Irgendwie hatte sich der Eindruck eingeschlichen, daß die Aufnahme mit mir im Bild eine Art Aufwärmphase für die eigentliche Aufnahme darstellte, wenn Sean und Elijah die Szene ohne mich vor der Kamera spielten. Von ihrem Standpunkt aus betrachtet wußten sie zwar, daß ich dabei war, um mit ihnen die Szene zu spielen, doch im Hinterkopf blieb stets der Gedanke, daß ich doch sowieso ausgetauscht werden würde. Statt also tatsächlich mit mir zu spielen, übten sie nur für die eigentliche Aufnahme. Bei einem der Shots verloren sie den Faden und fingen an zu kichern, und da bin ich dann in die Luft gegangen und habe ihnen zu erklären versucht, daß ich nur eine einzige Chance habe, meine Rolle auszuarbeiten. Sie entschuldigten sich beide bei mir, ich tat es ebenfalls, der Blitz hatte sich entladen, und das Ganze stellte eine Art Wendepunkt dar, weil sich daran tatsächlich eine große Diskussion entzündete, wie überhaupt alles ablief und an welchen Stellen es nicht funktionierte. Lustigerweise entschied Peter dann in der Endfassung der *Zwei Türme*, daß bei einem Großteil der Szenen, in denen wir Körperkontakt hatten, wie bei dem Kampf, die Referenzaufnahmen zu benutzen und

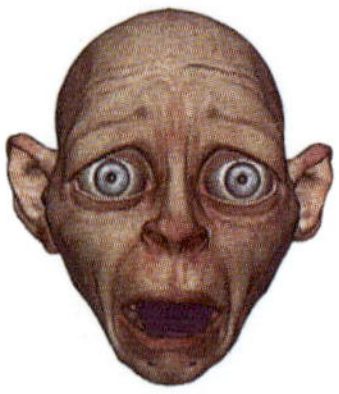

meine Gestalt von den Zeichentrickfilmern Bild für Bild übermalen zu lassen, weil in dieser Szene die Energie zwischen uns dreien einfach besser floß. Und das war der Schlüssel zum Ganzen – gegenseitiger Energieaustausch. Von schauspielerischer Seite aus wurde deutlich, daß diese Computerfigur nur funktionieren konnte, wenn die Energie zwischen uns auch tatsächlich vorhanden war.

Das Leben in der Townsend Road in Miramar nahm eine gewisse Routine an. Lorraine hatte sich ein Netzwerk von Freunden unter den Eltern der Kinder aufgebaut, die wie Ruby in den Kindergarten im Gemeindezentrum von Miramar gingen. Sonny hatte einen schweren Start ins Leben mit seinem höllischen Husten.

Eines Tages fuhren wir mit dem Cable Car vom Lampton Quay hinauf in den Botanischen Garten, von wo aus man den gesamten Hafen überblicken kann, ein himmlischer Ort. Dort, in diesem Garten Eden, demonstrierte Ruby mit ihren knapp zwei Jahren zum erstenmal, zu welch schockierendem Machtmißbrauch sie gegenüber ihrem kleineren Bruder fähig war. Vollkommen unerwartet biß sie ihm in die winzigen Finger, daß ihre Zahnabdrücke noch lange zu sehen waren. Sonny schrie sich die Lunge aus dem Leib. Wir waren sprachlos. Wie kam sie nur darauf? Ich redete mit ihr darüber, wie gemein das von ihr sei, sie regte sich auf, und wir beruhigten uns wieder.

Eine halbe Stunde später tat sie es wieder. Diesmal zog ich sie beiseite und las ihr die Leviten. Eine Stunde später biß sie ihn erneut.

Als wir an jenem Abend schweigend um den Abendbrottisch saßen, sah ich meine Tochter mit anderen Augen an. Es kam mir so vor, als hätte sie ein wenig von ihrer kindlichen Unschuld verloren. Sie hatte eine neue Macht kennengelernt und bekam sehr schnell heraus, wie sie sie einsetzen konnte. Sie sah mich an, als wollte sie sagen: „Und, was willst du nun dagegen tun?" Lorraine und ich gingen natürlich davon aus, daß sie vielleicht eifersüchtig war, weil ihr kleiner Bruder viel Aufmerksamkeit genoß. Aber was mich wirklich schockierte, war die Wiederholung dieser Tat, der willentliche Entschluß, es wieder zu tun. Diese Freude an Macht ging mir im Kopf herum. Die Möglichkeit, grausam gegenüber anderen zu sein und den Schmerz zu genießen, den man anderen zufügt, und das in diesem Alter. Vielleicht handelte es sich um eine aus dem Bauch kommende Reaktion auf das Gefühl, vereinnahmt zu sein.

Während ich noch versuchte, das Verhalten meiner Tochter zu begreifen, wanderten meine Gedanken zu Sméagol. War er schon so bösartig auf die Welt gekommen? Wuchs er mit diesem gemeinen Zug auf? Gandalf deutet an, daß er schwach

und für die Macht des Rings leicht empfänglich gewesen sei. Frodo ist stärker und fällt dem Ring nicht so leicht zum Opfer. Hätte Frodo als Kind einem Baby in den Finger gebissen? Wahrscheinlich nicht. Und Sméagol? Ich glaube schon. Dann erinnerte ich mich an meine eigene Kindheit und an die Sommerferien im Nahen Osten, wo ich winzigen Eidechsen mit einem Bambusstecken die Schwänze abschlug. Ich kann einfach nicht fassen, daß ich so etwas getan habe. Vielleicht handelte es sich um eine bizarre Form von Neugier, eine Faszination, ein Experiment mit der Macht. Eins war zumindest klar – Sméagol war definitiv neugierig.

Ithilien rief, und dazu mußten wir nach Queenstown im Süden fliegen, Welthauptstadt der Abenteuersportarten. Queenstown, das von ungeheuren Bergketten umgeben ist, ist eine coole Stadt voller hipper Bars und Restaurants am Ufer des riesigen

Lake Wakatipu. Der Ausblick ist atemberaubend. Ein toller Ort für Außenaufnahmen.

Unglücklicherweise wurde Sonnys Husten immer schlimmer, so daß wir mit ihm ins Krankenhaus mußten. Dort teilte man uns mit, daß er an Pseudo-Krupp litt, eine bei kleinen Kindern schlimme Brustinfektion. Wir machten uns große Sorgen. Ich habe noch nie jemanden so husten hören. Es hörte sich einfach unmenschlich und für so einen kleinen Körper viel zu laut an.

Wir wohnten in Spinnaker Bay, einer Wohnanlage gleich am Wasser, wo auch Sean und Elijah wohnten. Von dort war es eine Fahrt von einer halben Stunde nach Süden zum Twelve Mile Delta, wo wir die Szenen drehten, die in Ithilien spielten. Als erstes die Kaninchenszene.

Das war eine meiner Lieblingsszenen, weil es sich um einen der ersten Momente handelt, in denen es um die Figuren und die sich entwickelnde Beziehung zwischen Frodo, Sam und Gollum geht. Sam fühlt sich von Gollum bedrängt, es kommt zwischen Frodo und Sam zu immer größeren Meinungsverschiedenheiten, und jetzt wagt sich Gollum auch noch auf Sams Gebiet, indem er seinem Herrn Nahrung fängt. Es gibt tatsächlich so etwas wie geschwisterliche Rivalität zwischen ihnen. Als wir die Szene drehten, kam es uns wirklich so vor, als hätten wir endlich unser Tempo gefunden, Schauspieler und Crew gemeinsam. Schwer zu erklären, aber der Ablauf schien immer weniger zu stören, und wir konnten regelrecht aufeinander eingehen.

Gollum kommt hereingaloppiert und läßt ganz aufgeregt zwei tote Kaninchen in Frodos Schoß fallen. Er versucht ihn davon zu überzeugen, daß sie jung sind, zart sind, lieb sind und er sie essen soll. Dann fängt er selbst an, sie hinunterzuschlingen, doch Sam geht dazwischen und protestiert, daß es nur eine Möglichkeit gebe, sie zu essen.

Schnitt auf Sam, wie er sie in einem Topf schmort. Gollum dreht durch, und sie fangen an, sich über ihr Lieblingsessen zu streiten. Frodo hört etwas im Unterholz und schleicht davon.

Ich hatte zwei echte tote Kaninchen, von denen eins mit unheimlich eklig echt wirkenden Innereien ausgestopft war, die ich mit den Zähnen

aus der Bauchhöhle ziehen konnte. Ich fand, Gollum sollte sich wie ein übereifriger Welpe aufführen, der seinem Herrchen die Hausschuhe bringt, und zwar auf die bekannte und sehr einnehmende Art. Außerdem hat er wirklich Hunger und freut sich, daß er eine solch gute Beute heimgebracht hat, was zu einem wahren Freudentanz führt, bei dem er der gelben Fratze, seinem alten Feind, die Faust hinreckt.

Wir drehten die Totale wieder unter Einsatz der kontrollierten Kamera, so daß die Aufnahme auf die bereits beschriebene Weise wiederholt werden konnte. Dann drehten wir die Nahaufnahmen. Langsam machte es mir wirklich Spaß, endlich Gollum zu spielen, und Sean und ich hatten unsere Freude daran, den wachsenden Konflikt zwischen Sam und Gollum auszuspielen, vor allem weil der Streit um so etwas Nebensächliches wie Essen ging. Es ist für einen Schauspieler wichtig, sich befreit

und entspannt zu fühlen, damit man wirklich den Augenblick ausspielen und sich von seiner Rolle an Orte führen lassen kann, die man nicht vorher geplant hatte; das sind wirklich die hinreißendsten Momente, wenn man sich selbst vollkommen überrascht. Und wenn das immer wieder vorkommt, dann heißt das, man ist im Einklang mit der Figur. An diesem Tag begann diese Zeit für mich.

Der 11. Oktober 2000 war ein ganz besonderer Geburtstag, genau ein Jahr seit Beginn der richtigen Dreharbeiten zum *Herrn der Ringe.* Zur Feier des Tages organisierte die Produktion ein riesiges Essen am Set, komplett mit Band und natürlich einer Torte. Es war ein großes Fest und markierte exakt den Gipfelpunkt unserer Queste, zusammen mit anderen Meilensteinen wie die 1000. Klappe, der 133. Drehtag – Halbzeit! – und die zahllosen anderen Geburtstage der Crewmitglieder und der

Schauspieler, die bisher zu feiern waren. Nicht zu vergessen Rubys zweiten Geburtstag wenige Tage später. Wir schmissen eine große Party für sie und all die anderen *Ring*-Kinder, die in Queenstown waren.

Das Set der Felsklippe von Cirith Ungol war über ein Jahr lang in der Turnhalle der Schule geblieben und hatte geduldig darauf gewartet, daß alle zurückkehrten und die Szene zu Ende spielten, die in den ersten Monaten begonnen worden war, ehe ich überhaupt angefangen hatte. Das Wetter hatte sich verschlechtert, und um überhaupt weiterdrehen zu können, hatten sie entschieden, eine Sequenz zu drehen, in der Gollum Sam beschuldigt, das Lembas-Brot gegessen zu haben, und Frodo davon überzeugt, daß Sam lügt. Sam attackiert Gollum, doch Frodo geht dazwischen, stellt sich auf Gollums Seite und sagt zu Sam, daß er sie nicht länger begleiten könne.

Da ich zu diesem Zeitpunkt noch nicht dabei war, hatte Randy Gollum gespielt, und Andrew Jack, der Dialekttrainer, hatte die Dialoge geliefert. Es war schon sehr merkwürdig, sich Ausschnitte einer Szene anzuschauen, bei der ich nicht mitgewirkt hatte, und dann einzusteigen und buchstäblich in die Szene zu stolpern, nachdem Sam Gollum angreift. Als das Rohmaterial schließlich zusammengeschnitten wurde, war es unglaublich witzig: Man sieht, wie Sean Randy schlägt, der daraufhin aus dem Bild fällt, und dann taucht im nächsten Bild Andy auf, und der Kampf geht weiter. Zwei Jahre später drehten wir die Szene schließlich auf der Mocap-Bühne neu. Ich denke, diese Szene gewinnt den Preis für die längsten Dreharbeiten.

An derselben Location, am Fuße des Cirith-Ungol-Sets, war ein Geröllabschnitt gebaut worden, der den unteren Abschnitt der Felsklippe darstellen sollte, von der aus man das Schwarze Tor von Mordor sehen konnte. Sam war gestürzt, und Frodo war hinter ihm hergerutscht und hatte ihn unter seinem Umhang versteckt. Wir wollten gerade drehen, was als nächstes geschieht: Frodo und Sam wollen losstürmen, bevor die Torflügel sich schließen, und plötzlich springt Gollum hinzu und reißt sie zurück und protestiert laut, daß sie erwischt würden, daß sie nicht erlauben dürfen, daß der Schatz den Weg zu Ihm zurückfindet. Er verspricht ihnen, sie auf anderem Wege nach Mordor zu bringen.

„Und Action!"

Ich sprang, packte Seans und Elijahs Umhänge und erwischte dabei aus Versehen Seans Perücke. Als ich sie zurückreißen wollte, flog sie regelrecht davon und landete ein ziemliches Stück entfernt. Elijah und ich fielen zu einem hilflos lachenden Haufen zusammen, und Pete rief: Schnitt. Es war ein Schock. In all den Monaten der Dreharbeiten war nie eine Perücke abgegangen, und plötzlich verwandelte sich die verzweifelte Wirklichkeit von Frodos Queste in eine surreale Komödie.

Dann schauten wir uns die Aufnahme auf dem Monitor an. Es sah aus, als hätte ich Sam den Kopf abgerissen! Sean fand das überhaupt nicht lustig. Ich wußte, daß ich ihm wehgetan haben mußte, denn die Perücken sind regelrecht an den Kopf genietet, es muß also sehr schmerzhaft gewesen sein, aber zu dem Zeitpunkt war er einfach nur sauer, und ich wußte nicht, warum. Also wurde auch ich wütend. Wir hatten das Gefühl, daß wir gleich einen Riesenstreit vom Zaun brechen würden. Ich stellte mir schon die Schlagzeilen in der Lokalpresse vor – GOLLUM UND SAM GEHEN SICH AN DEN KRAGEN! Für den Rest der Szene

herrschte ein besonders hoher Pegel an Abneigung zwischen Sam und Gollum.

In der drehfreien Zeit bekamen wir ein paar wirklich spektakuläre Landschaften zu sehen. Einer unserer Lieblingsplätze war das Queens Pavilion, ein sechseckiges edwardianisches Badehaus direkt am Meer, heute ein Café, wo wir uns entspannen und gut essen konnten, während Ruby jede Menge Zeit auf der Rutsche und den Schaukeln des Abenteuerspielplatzes verbrachte, der netterweise gleich daneben gebaut worden war. Langsam höre ich mich schon an wie ein Reiseführer, also genug davon. Wenn Sie wirklich einen guten Reiseführer haben wollen, dann schauen Sie sich mal Ian Brodies neuseeländischen Bestseller *The Lord of the Rings Location Guidebook* an. Ian, ich hab was gut bei dir.

# KAPITEL SIEBEN

# *„Schenk uns den, Déagol, mein Guter“*

Als wir nach Wellington zurückkehrten, mußte ich sofort zu einer Kostümanprobe mit Ngila Dickson, für die Szenen mit dem jungen Sméagol, in denen ich tatsächlich in eigener Person auftrete. Ich war vollkommen begeistert von ihrer Arbeit und schon ganz aufgeregt, daß ich weiter mit ihr arbeiten sollte. Vor allem aber freute ich mich, endlich ein richtiges Kostüm zu tragen. Nach all den Monaten in diesem Affenkostüm waren echte Hosen eine wahre Freude.

Ngila hatte ein Kostüm entworfen und arbeitete dann mit mir daran und übernahm einige meiner eigenen Vorstellungen. Sie hatte die Idee, Sméagols Kleidung mit der Fischerkultur der Starren zu verknüpfen, die ja am Fluß Anduin und den Schwertelfeldern lebten und arbeiteten. Sie zog einen geölten Segeltuchkittel und eine schwere Tweedhose hervor, und ich probierte beides an. Dazu kam noch ein Gürtel aus Seilen, und das alles machte schon einen ganz richtigen Eindruck.

*Wir machten uns Gedanken um Gollum – jetzt ist er zwar eine Computerschöpfung von Weta, aber ursprünglich hatten wir die Idee, er könne eine Mischung aus Mensch und Marionette sein, also entwarfen wir eine Art Kleiderfetzen um seine Genitalien. Als Andy kam – und er ist wirklich der wundervollste Mensch der Welt –, erkannten Peter und Fran und alle anderen, daß er der einzig Richtige für die Rolle war und so voller Ideen steckte, daß sie das Ganze noch einmal überdachten. Allein seinetwegen fügten sie unter anderem die Szene ein, wie Sméagol durch den Mord an Déagol zu Gollum wird und in den Bergen verschwindet. Wir hatten also einen Breakdown zu machen, wie wir das nennen, wo man bei jeder weiteren Einstellung die Kleidung langsam ruiniert. Das macht allen Spaß. Andy war ganz wild darauf und kam rein und zeigte mir die Körperhaltungen, die er einnehmen wollte, und dann zerfetzten wir das Kostüm noch ein wenig mehr und sengten es an.*

*Ngila Dickson, Kostüm-Designerin*

Ich war daran interessiert, Gollums Klasse und Status in der Gemeinschaft herauszuarbeiten, und dachte mir, daß er wahrscheinlich sein Leben lang nie auch nur einen Tag wirklich gearbeitet hatte, da er doch aus der reichsten und größten Starren-Familie stammte. Wahrscheinlich hat er die Schule geschwänzt und seine Zeit damit verbracht, das Geld zu verplempern, das er seiner Großmutter aus der Geldbörse gestohlen hatte. Es war ja ein Matriarchat, und seine Großmutter stand der Familie vor, und ich fragte mich, wie wir das wiedergeben konnten. Wir fanden, irgendein auffälliges seidenes Halstuch wäre nicht schlecht. Außerdem gefiel mir die Idee, die Junkie-Metapher fortzuführen, daß er also den jungen reichen Kids von heute ähnelte, daß er die Taschen stets voller Geld hatte und alles ausprobieren konnte, wonach ihm der Sinn stand, eher eine Art Playboy von Mittelerde oder ein viktorianischer Dandy.

Wir experimentierten auch mit seiner neugierigen und forschenden Art. Ich habe ihn immer als einsamen Burschen gesehen. Nicht sehr beliebt, eine Art Einzelgänger, nicht sehr gut im Mannschaftssport. Immer für ein wenig komisch gehalten, insgeheim immer beim Pläneschmieden, wie er sich an all den anderen Starren rächen könnte, die ihn links liegenließen. Er fängt an, Dinge zu sammeln, um mit seiner Introvertiertheit und Einsamkeit fertig zu werden, und ist besessen von den Anfängen und Ursprüngen der Dinge. Gegenstände sind ihm wichtiger als Menschen: Sie können ihm nicht wehtun. Deshalb verlieh ich ihm einen Buckel, weil er unentwegt zu Boden schaut. Ich stellte ihn mir recht narzißtisch vor, wie er beim Fischen stundenlang fasziniert sein Spiegelbild im Wasser beobachtet. Wir beschlossen, sein obsessives Verhalten durch glänzende Muschelknöpfe anzudeuten, dazu kleine Trophäen aus Fischknochen am Gürtel, so als würde er sich selbst mit fetischhaft wirkenden Statussymbolen behängen. Er ist zwar gestört, aber nicht böse oder heimtückisch, nur voller morbider Selbstbetrachtung, wie das schon Travis Bickle in *Taxi Driver* über sich selbst sagt.

Nachdem wir das Kostüm erst einmal zusammenhatten, mußten wir es durch alle Stadien der Auflösung bringen, während Sméagol vom Ring korrumpiert wird und allmählich zu Gollum wird. Von diesen Kleidern bleibt am Ende nichts als ein zerlumpter Lendenschurz übrig, der nur noch an einem Faden um Gollums abgemagerten Leib schlottert. Wir hatten noch zwei weitere identische Kostüme, die Ngila zerfetzte, während ich sie trug, damit wir den zunehmend abgenutzteren Zustand des Verschleißes darstellen konnten.

Als nächstes waren die Haare und die Maskenbildnerei dran. Peter King hatte eine Perücke für Sméagol entworfen, die mit dem späteren Haaransatz des kahl werdenden Gollum übereinstimmte. Um die Perücke richtig anpassen zu können, brauchte ich eine größere Stirn, das heißt, mein Haaransatz mußte höher sitzen: also raus mit dem Rasiermesser, und nach wenigen Minuten sah ich aus, als hätte ich eine Gehirnoperation hinter mir. Als ich die Perücke trug, paßte plötzlich alles zusammen, und dann schminkte Peter mich noch mit einem blassen Hautton, um meine eigentliche Hautfarbe zu überdecken, so als hielte sich Sméagol ständig im Dunklen auf.

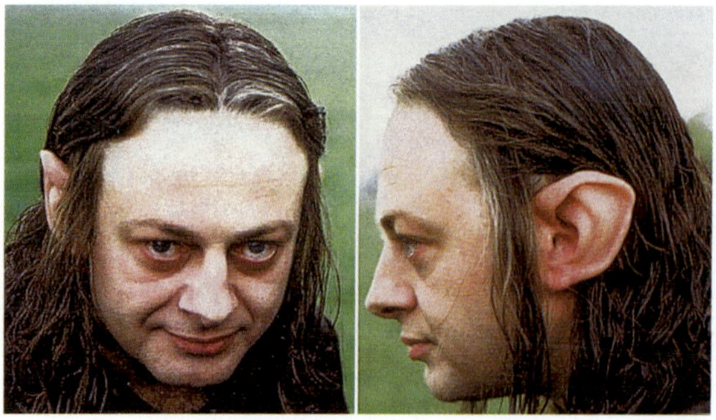

Dann kam Gino mit den Ohren. Er brachte sie an und legte danach mit dem Airbrush-Verfahren ganz vorsichtig verschiedene Schattierungen auf, damit man den Ansatz nicht sah.

Und fertig. Das war der erste Schritt auf Sméagols Reise in die Hölle. Gino machte Fotos und ein paar Videoaufnahmen, damit Peter das Make-up absegnete. Bei all dem lernte ich endlich Thomas Robbins kennen, der Déagol spielen sollte.

Thomas hatte bei *Forgotten Silver*, der brillanten Dokumentar-Karikatur über einen fiktiven Neuseeländer, der das Filmemachen erfunden haben soll, schon mit Pete und Fran zusammengearbeitet. Wir freuten uns schon beide darauf, gemeinsam diese Szene zu drehen. Ein paar Tage später zogen wir über die Rimutaka Ranges nach Wairarapa und bereiteten uns auf die Dreharbeiten vor.

John Mahaffie, Regisseur des zweiten Teams, der Monate damit verbracht hatte, einen Großteil der Sequenz in Helms Klamm zu drehen, sollte die Szene zusammen mit Fran und Philippa durcharbeiten. Als wir im Gästehaus bei Fernside eintrafen, war ich schon ganz wild darauf, die Schlüsselszene zu spielen, in der der Ring Sméagol findet. In jener Nacht tat ich kein Auge zu. Die Stunden zogen sich hin, und als ich gerade dabei war einzuschlafen, klingelte der Wecker.

Wir kleideten uns an und wurden geschminkt, doch als wir den Lastwagen der Maskenbildnerei verließen, hatte es angefangen zu nieseln. Wir gingen zum Set hinüber, das absolut perfekt war.

Es entsprach wirklich vollkommen Tolkiens Beschreibung, ein idyllischer See mit Blumen und Schilf. Aber der Regen nahm weiter zu, und John und Fran wollten Sonnenschein, um das Gefühl vom Garten Eden noch zu verstärken, und erst wenn die Sünde begangen ist, sollte sich die Stimmung abrupt ändern und die Nacht hereinbrechen. Es hätte nicht düsterer sein können, und schließlich wurde entschieden, die Arbeit für diesen Tag zu beenden und bis zum nächsten Morgen zu warten, da das Wetter aufklaren sollte. Aber am Nachmittag hörte es dann schon auf zu regnen, und wir konnten proben, damit wir am nächsten Tag sofort mit den Dreharbeiten beginnen konnten.

Der nächste Morgen war ein strahlender Tag, und bevor wir uns versahen, saßen Thomas und ich, Déagol und Sméagol, in unserem Boot mitten

auf dem See und angelten. In der Szene fängt Déagol einen Fisch, kann ihn aber nicht einholen, weil er zu groß ist, und landet dabei selbst im Wasser. Ich wollte, daß Sméagol seinen Spaß an der Angst seines Vetters hat, denn ich glaube, er neigt durchaus zur Schadenfreude. Das tue ich auch. Es ist furchtbar ungehörig, und weil ich das weiß, kann ich mich zusammennehmen, aber selbst in den ernstesten Situationen, die eigentlich Mitleid oder Trauer verlangen, ertappe ich mich manchmal dabei, wie ich nervös kichere. Irgendwann muß ich deswegen mal zum Arzt.

Wir drehten eine Nahaufnahme von Sméagol, der einen Wurm auf einen Angelhaken spießt; sie sollte in die Bootssequenz eingefügt werden. (Sean Foot machte eine hinreißende Skizze an diesem Tag, die er mir schenkte.) Wir versuchten es auf verschiedene Arten und mit wechselnden Graden an sadistischer Freude über den Schmerz, den er dem Wurm zufügt, und blanker kindlicher Faszination über das Verhalten des Wurms am Haken (so ähnlich wie Ruby, die Sonny beißt). Wir suchten nach dem richtigen Maß, um den Charakter der Figur festzulegen. An dieser Stelle muß gesagt werden, daß während der Dreharbeiten zu diesem Film keine Würmer zu Schaden kamen (zudem hatten ihre Agenten saftige Honorare für zusätzliche Stunteinsätze ausgehandelt).

Schließlich kamen wir zu dem Augenblick, als Déagol aus dem Wasser steigt und etwas in der Hand hält. Sméagol ist erleichtert, daß sein Cousin nicht ertrunken ist, und dann sieht er zum erstenmal den Ring, der in Déagols Hand glänzt. Die 1-Million-Dollar-Frage lautete: Wie schnell sollte er seiner Macht zum Opfer fallen? Als wir die Szene das erstemal spielten, sollte der Ring ihn blitzartig überwältigen, und er packt Déagol, drückt ihm die Kehle zu und mordet wie ein Psychopath, ohne sein Opfer auch nur ein einziges Mal anzusehen oder irgendwelche Gefühle zu zeigen. Mir kam das richtig vor, aber John und Fran legten Wert darauf, andere Möglichkeiten auszuprobieren, um später auswählen zu können. Ich sollte auch in Zukunft unter Frans Regie weiterarbeiten, aber schon zu diesem Zeitpunkt hielt ich sie für eine wunderbare, fordernde und akkurate Regisseurin. Ich bewunderte ihren Ansatz, der zu vielen verschiedenen Auswahlmöglichkeiten führte.

Wir probierten unterschiedlich starke Gefühlsregungen aus: eine, wo er mehr mit der Tat eins ist, die er gerade begeht, doch ohne die Macht zu haben, sich selbst daran zu hindern; eine, wo er beinah erotisch erregt ist von der Macht des Rings oder wo er bei der Ermordung Déagols beinahe weint. Wir spielten die Szene viele Male durch – Toms Hals war am Ende feuerrot.

Die Szene endet damit, daß Sméagol den Ring aus Déagols toter Hand nimmt und ihn auf den Finger steckt. Auch hier waren die Möglichkeiten nahezu unbegrenzt. Wird er von Schuld gepackt? Spürt er Reue? Ist sein lustvolles Verlangen zu groß, um überhaupt irgend etwas anderes zu fühlen? Und dann zogen während der letzten paar Aufnahmen wie auf Stichwort dunkle Wolken auf und verwandelten das sonnendurchflutete Idyll in einen Ort voller dunkler Vorahnungen.

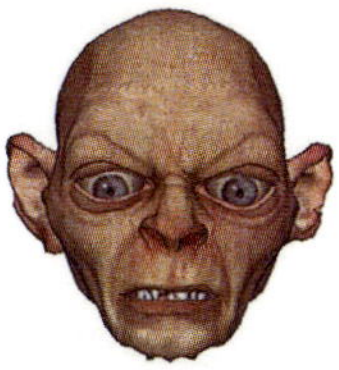

Dann ging es zurück nach Wellington und zu der Aufnahme der Verwandlungsszene. Einige wunderschöne detailreiche Sets waren aufgebaut worden, in denen wir den langsamen Fall von Sméagol und das Auftauchen von Gollum drehen konnten. Am Tag vor Drehbeginn unterhielt ich mich mit Fran darüber, wie diese Veränderung unter Einsatz der verschiedenen Umgebungen und des fortschreitend veränderten Make-ups dargestellt werden sollte. Ich war vor allem darauf bedacht, daß wir auch eine körperliche Verwandlung vom aufrecht gehenden Sméagol zum kriechenden Gollum erlebten. Also machten wir wir mehrere kleine Szenen, die seine wachsende Einsamkeit zeigten, seinen Verfolgungswahn, seine Sucht nach dem Ring und sein selbst auferlegtes Exil von der Welt.

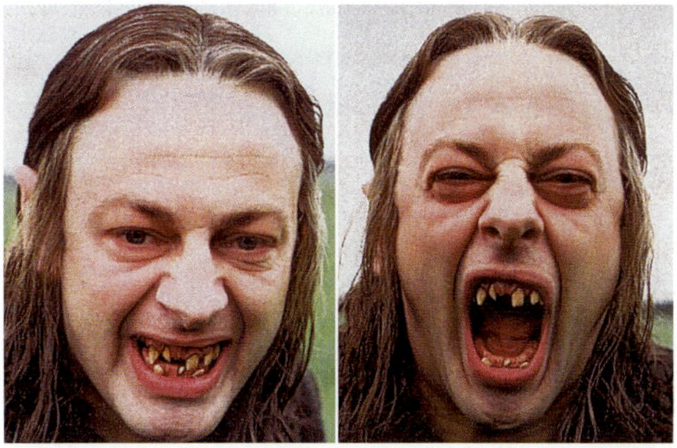

*Die Verwandlungssequenz von Sméagol zu Gollum gehörte nicht zu unserem ursprünglichen Drehbuch. Wir entschlossen uns erst im Laufe der Dreharbeiten dazu. Fran führte Regie, denn da die Szene nicht auf unserem Terminkalender stand, hatte ich selbst keine Zeit mehr, sie zu drehen.*

*Fran und Andy arbeiteten eng zusammen, um diese kleine Sequenz zu drehen, die Gollums Erwachen zeigt. Wir wollten verdeutlichen, daß Gollum nicht immer so war, wie er nun ist, und daß ein solches Schicksal jedem droht, der vom Ring übermannt wird und der unfähig ist, ihn wieder herzugeben. Wir meinten, es sei die aussagekräftigste Möglichkeit, dem Publikum das klarzumachen, indem wir die tatsächliche Verwandlung zeigten.*

*Peter Jackson, Regisseur*

An dem Abend rasierte ich mir Brust, Arme, Beine, alles. Am nächsten Morgen um halb vier hatte ich einen sehr frühen Make-up-Termin bei Gino. Der erste Schritt war Sméagol, der von der Familie verjagt wird und in die Wildnis flieht. Er fließt über vor Selbstmitleid und tobt über die Ungerechtigkeit, davongeschickt zu werden. An dieser Stelle ähnelte das Make-up noch dem aus der Szene mit Déagol, doch im Laufe des Tages gab es mehrere drastische Make-up-Wechsel.

Dann war zu sehen, wie er buchstäblich seinen Schuß durch den Ring bekommt. Wir sehen den Schmerz und die Ekstase, als die Macht wirkt. Er zuckt, und zum erstenmal entringt sich ein unwillkürliches ‚Gollum, Gollum' seiner Kehle. Dieses Geräusch, der Augenblick, in dem er tatsächlich beginnt, den Anteil Sméagols zu verlieren, kam mir vor wie ein Muskelkrampf, fast wie bei jemandem, der am Tourette-Syndrom leidet, wobei die Assoziation von Schuld im Augenblick des Mordes Gollum für immer im Gedächtnis bleibt. Wir begannen bei der Maske zuerst die Veränderung der Zähne zu zeigen, die zu scharfen, tierischen Beißzähnen werden. Aus schauspielerischer Sicht war es eine Freude, diesen Teil der charakterlichen Veränderungen der Figur zu spielen, und dank Frans anregender Regie war es eine faszinierende und wirklich erfreuliche Zeit.

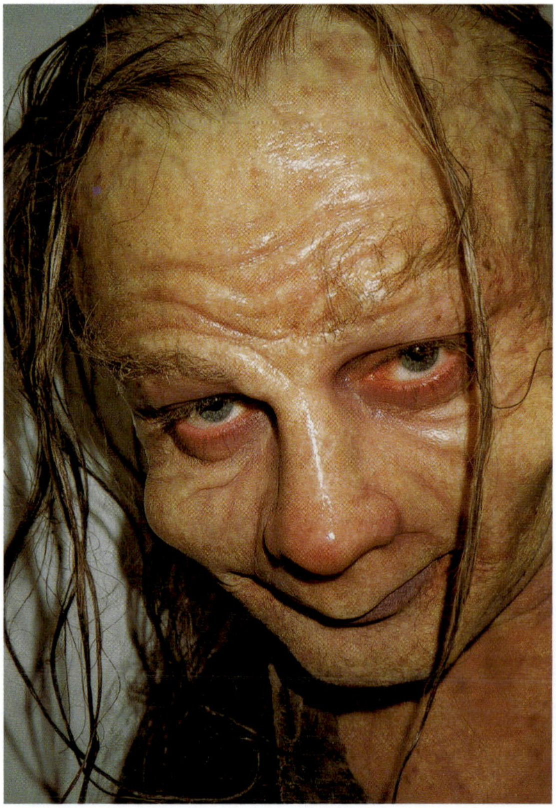

Jetzt sollte der erste große Make-up-Wechsel kommen. Der beschleunigte Alterungsprozeß setzte ein (darüber weiß ich alles; meiner hat schon vor Jahren begonnen!). Gino und sein Team arbeiteten so schnell wie die Mannschaft beim Boxenstop und verpaßten mir eine Glatzenmaske mit ganz wenig schütterem Haar. Eine Halbmaske aus Latex wurde mir angepaßt und Adern und schrundige Haut säuberlich im Airbrush-Verfahren aufgetragen. Danach airbrushten sie mich von oben bis unten mit einer modrig grünlichen Farbe und fügten dann noch Narben, Schnitte und Abschürfungen hinzu. Sie setzten mir leicht milchige Kontaktlinsen ein. Gino manikürte mir die Fingernägel mit einem kleinen Schleifgerät, um ihnen ein stummeliges, abgenagtes, schartiges Aussehen zu verleihen.

Dann sprangen wir in der Zeit voraus, zu einem Augenblick, an dem er bereits seit Jahren allein lebt. Er leidet schon an Verfolgungswahn, hat ewige Zeiten an Teichen verbracht und darauf gewartet, daß ein Fisch vorbeischwimmt, den er dann mit bloßen Händen fängt und verschlingt. Er hat angefangen, mit sich selbst zu reden und ständig zu wiederholen, warum er Déagol töten mußte. Zeit, Wind und Wetter und die Sucht nach dem Schatz haben ihren Tribut gefordert.

*Wir unterzogen Andys Make-up vier verschiedenen Veränderungen, um die Verwandlung zu zeigen.*

*Schritt eins: Der Maskenbildner Peter Owen und ich verwandelten Andy in Sméagol. Peter rasierte Andys Haaransatz etwa fünf Zentimeter weit aus, damit wir eine Perücke ansetzen und Sméagol so eine sehr hohe Stirn verleihen konnten, und ich paßte Andy Hobbitohren aus Gelatine an. Wir sorgten dafür, daß sowohl Sméagols als auch Déagols Ohren ein wenig anders aussahen als die von Frodo und den anderen, weil diese beiden dem Fischer-Stamm angehörten. Die Ohren waren von Jamie Beswarick entworfen worden, einem der überaus talentierten Bildhauer bei Weta. Die Ränder der Ohren waren besonders dünn gestaltet, damit sie sich ganz den natürlichen Umrissen von Andys Ohren anpassen konnten. Dann wurden sie Andys Hautton entsprechend eingefärbt.*

*Schritt zwei: Der Ring beginnt Macht über ihn zu gewinnen, und Sméagol wirkt ganz krank. Um dies zu zeigen, sollte er einige Zähne verlieren. Wir machten Andy also ein paar Prothesen, die seine Zähne verdeckten, und erweckten so den Eindruck von vollkommen verrotteten Zähnen. Dann machte Peter Owen Andys Hautfarbe blasser und legte ein paar Rot- und Blautöne unter die Augen, damit er noch kränklicher aussah. Im Airbrush-Verfahren trug ich ihm dann ein paar sehr feine, kaum sichtbare Adern auf die Haut auf, damit er sehr dürr und durchscheinend wirkte. Etwa einen Monat zuvor hatte ich Andy gebeten, sich nicht mehr die Fingernägel zu schneiden, so daß ich am Tag der Dreharbeiten die Nägel richtig schartig machen konnte.*

*Schritt drei: Als Sméagol in die Berge flüchtet und sich versteckt, mußten wir sein Aussehen wirklich verändern. Dazu setzten wir Andy eine besondere, von John Craney (ebenfalls Bildhauer bei Weta) gefertigte Gesichtsmaske auf. So entstanden eine kleinere Nase und höhere Wangenknochen – Eigenheiten, die sich dann auch in der endgültigen Computerversion von Gollum wiederfinden. Dazu kam noch eine Glatzenmaske, die ich mit vielen Adern und Altersflecken versah. Das paßte sehr gut zu einer neuen Perücke, die sehr schütter war und den Eindruck erwecken sollte, daß er wirklich seine Haare verlor. Wir benutzten andere Zahnprothesen mit noch weniger Zähnen. Um auch noch die Augen zu verändern, ließen wir Andy ein Paar blasse hellblaue Kontaktlinsen tragen.*

*Schritt vier: Für die endgültige Verwandlung fertigten wir Andy einen vollständigen Silikonkopf an, dazu Gesichts- und Fingerverlängerungen, was Gollum noch näher an die Computerversion heranbrachte. Diese Masken wurden von den Maskenbildnern Bill Hunt, Ben Hawker, Sean Foot, Rogier Samuels und mir angepaßt. Außerdem verpaßten wir Andy auch noch einen ‚Buckel', bevor wir seinen ganzen Körper kränklich blaß schminkten. All das dauerte fünf Stunden.*

*Als letzter Schritt wurde die CG-Figur dank Weta Digital zum Leben erweckt. Das Modell, nach dem die Digitalkünstler arbeiteten, war von Jamie Beswarick und Ben Wootten von Weta gebaut worden, und ich hatte das Glück, zusammen mit dem Maler Sergei Nevshupov gebeten zu werden, dabei behilflich zu sein, die Hauttöne von Gollum zu überarbeiten.*

*Andy war bei diesen Make-up-Foltern überaus tapfer – er fand es sogar ganz toll!*

*Gino Acevedo, Senior Prosthetics Supervisor*

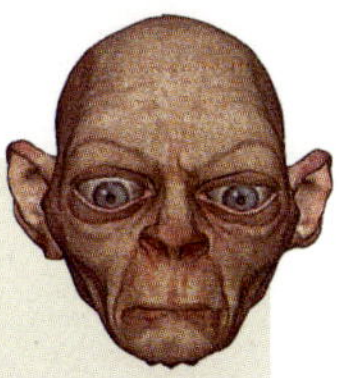

Er war krank, getrieben, voller Selbsthaß und Haß auf die Welt. Wir drehten eine Sequenz, wie er auf einem Felsen hockt und sich langsam und vollkommen unbeteiligt ganze Büschel Haare ausreißt. Es sollte so aussehen, als wüßte er, daß er unter den Nebenwirkungen einer fürchterlichen tödlichen Krankheit leidet.

Der letzte Schritt seiner Verwandlung erforderte einen größeren Make-up-Wechsel. Mir wurde eine komplette Gesichts- und Schultermaske aus Latex angepaßt und ein Buckel auf den Rücken geklebt. Fingerkrallen, verrottete Zähne, vollkommen milchige Kontaktlinsen, durch die man kaum noch etwas sah, was aber vollkommen in Ordnung war, um mich ganz auf meinen eigenen Kopf zu konzentrieren. Das Kostüm bestand nur noch aus dreckigen Lumpen, die mir am Körper schlotterten. Ich war fast nicht wiederzuerkennen. Nicht der kleinste Fleck meines Körpers war ungeschminkt geblieben. Lorraine kam mit den Kindern vorbei. Ich hatte mir schon Sorgen gemacht, sie könnten sich zu Tode erschrecken, aber Ruby erkannte mich sofort unter der Verkleidung, und nachdem sie mich von oben bis unten angeschaut hatte, schüttelte sie den Kopf und sagte recht abfällig: „Komischer Daddy."

Der letzte Abschnitt des Weges bis zum Computermodell (den ich mir in meinem Kopf als fortgeschrittenes Stadium von Besessenheit zurechtgelegt hatte) zeigt Gollum, wie er die Sonne hinter sich läßt, diese gelbe Fratze, die ihn beobachtet und verbrannt hat, als er die Welt bildlich gesprochen hinter sich läßt und sich in den dunklen feuchten Höhlen im Nebelgebirge verkriecht. Er geht jetzt auf allen vieren, seine gespannte, alternde Haut reißt an den Felsen auf. Wir sehen ihn, wie er einen letzten Blick zurückwirft und sich in die kalte Dunkelheit seiner Katakomben zwängt, wo er mit seinem ‚Schatz' allein sein kann. Die letzte Einstellung zeigt ihn voll gierigem Verlangen, wie er den Ring an sich preßt und glaubt, ihn nun für immer zu besitzen.

*Wir mußten sichergehen, daß das Publikum wußte, wer Gollum und Sméagol waren. Wir beschlossen schon recht früh, daß er auch für Frodos Schicksal von großer Bedeutung sein mußte, denn wie Galadriel ihm zeigte, könnte es Frodo auch so ergehen. Andy verstand das sehr schnell und entwickelte die verschiedenen Stadien des Verfalls und gab uns so viele Nuancen, so viele wundervolle Szenen. Wir haben wirklich den Eindruck, daß sich das Publikum gerade deshalb für diese Figur interessiert – sie haben eine wirklich gute schauspielerische Leistung erlebt, die entscheidend ist für die Beziehung zwischen Gollum und Frodo. Und das macht diese Szene von Gollums Verfall so überaus wichtig.*

*Philippa Boyens, Co-Autorin*

KAPITEL ACHT

# *Minas Morgul*

Eines meiner größten Erlebnisse während der Dreharbeiten war, Sir Edmund Hillary kennenzulernen, den berühmten neuseeländischen Bergsteiger, der 1953 zusammen mit Tensing Norgay als erster den Gipfel des Mount Everest bezwungen hatte. Ich bin selbst begeisterter Bergsteiger, und es gibt keinen größeren lebenden Helden, den ich jemals hätte treffen wollen. Wir drehten gerade eine Sequenz für *Die Rückkehr des Königs*, in der Frodo, Sam und Gollum an der enthaupteten Statue des gondorischen Königs vorbeikommen. Das war nordwestlich von Wellington im Waitarere Forest.

Ich werde nie vergessen, wie Peter sagte, Hillary käme vorbei, um den Drehort zu besuchen. Ich lasse mich normalerweise von Ruhm nicht beeindrucken, aber dieser Mann war einer der großen Helden meiner Kindertage, und ich muß gestehen, ich war nervös. Peter hatte uns erzählt, wie Hillary, der eine unwiderstehliche Energie ausstrahlte, mitten in der Nacht aufgestanden war und ohne Sauerstoffgerät auf dem Weg zu einem neuen Lager Stufen ins Eis gehackt hatte. Wie in dem Märchen von den Heinzelmännchen wachten die anderen britischen Bergsteiger auf und stellten fest, daß die Arbeit schon erledigt war.

Im Wald wurde ein Tisch aufgestellt, und dann fand diese außergewöhnliche Lunchparty statt. Ich bekam schließlich Gelegenheit, Sir Edmund zu fragen, wie der Aufstieg am Mount Cook (Neuseelands höchstem Berg) ist, da ich den ständig stärker werdenden Wunsch verspürte, ihn zu ersteigen. Peter hatte sehr großzügig dafür gesorgt, daß Sean, Elijah und ich Exemplare von Sir Edmunds Autobiographie bekamen. Mein Exemplar signierte er: *Für Gollum, alles Gute, Ed Hillary*. Beeindruckend.

Ein paar Tage später kehrten wir an diesen Drehort zurück, um die letzte Szene zu *Die zwei Türme* zu drehen. Gollum überzeugt Sméagol in einem schizophrenen Monolog, daß sie die Hobbits zu ihr, der bösen Kankra, führen sollen. Peter hatte die Absicht, die ganze Szene in einer einzigen langen Aufnahme zu drehen, also probten er und ich genau den Weg, den ich durch die Bäume nehmen sollte, und suchten Plätze, die die Dramatik noch unterstützen konnten. Dann probten wir alles noch einmal mit dem Kameramann.

Es war eine Freude, die ganze Szene durchspielen zu können, denn so konnten Schwung, Tempo

und Verlauf tatsächlich von der schauspielerischen Leistung bestimmt werden. Das war fast so wie auf einer Bühne. Der Adrenalinschub bringt einen wirklich auf Vordermann, und man weiß, man muß sein Bestes geben. Denn wenn man erst die fast drei Minuten lange Sequenz angefangen hat, gibt es kein Zurück mehr. Wir drehten die Szene mehrere Male, und anschließend hatte der Kameramann die unglaublich schwierige Aufgabe,

Timing und Einstellung genau nachzuvollziehen, während ich hinter der Kamera den Text spreche. Wenn kein Schauspieler im Bild ist, besteht durchaus die natürliche Neigung, schneller zu drehen, aber es gelang ihm perfekt.

Eines meiner Lieblingssets war der Verbotene Teich. Es war genauso, wie ich es mir nach dem Buch vorgestellt hatte: ein beeindruckendes felsiges Amphitheater mit einem Wasserfall, der in ein Wasserbecken stürzt. Sméagol ist hier am glücklichsten, er hat die Gollum-Seite seiner Persönlichkeit gebannt und kommt Frodo näher. Er hat einen Fisch gefangen, und alles ist friedlich. Allerdings wird er dabei heimlich von Faramir und seinen Männern beobachtet. Aus diesem Teich zu fischen wird mit dem Tod bestraft, und die Bogenschützen stehen bereit, ihn zu erschießen. Hoch über dem Becken gesteht Frodo Faramir, daß Sméagol sein Führer ist, und rettet ihm so das Leben. Dann ruft er Sméagol zu sich, der spürt, daß etwas nicht stimmt, aber er hört auf den Chef. Faramirs Männer nehmen den Ahnungslosen gefangen und führen ihn ab zum Verhör.

*Fels und Naß,*
*Wie schön ist das.*
*So gut für Fuß,*
*Jetzt wünscht ich mir*
*Noch Fisch dafür,*
*So ein Genuß!*

Ich suchte nach einer Möglichkeit, diesen Augenblick des Glücks für Sméagol zum Ausdruck zu bringen, bevor es zu dem unseligen Mißverständnis kommt, Frodo hätte ihn verraten. Also kam ich auf den Gedanken, ihn singen zu lassen, während er den Fisch auf einem Felsen totschlägt. Peter und Fran gefiel dieser Einfall, und so kam er in den Film. Die Szene selbst wurde anderthalb Jahre

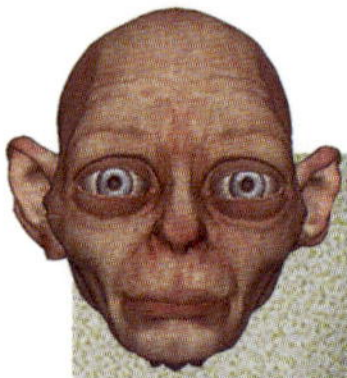

nach den Dreharbeiten erst durch Motion Capture aufbereitet.

Kaum zu fassen, daß ich abgesehen von Sean und Elijah nur mit zwei weiteren Schauspielern arbeitete: Thomas Robbins und David Wenham, der Faramir spielte.

Die Szene spielte am Eingang zu den Abwässerkanälen der belagerten Stadt Osgiliath. David war erst ganz neu dabei, und ich erinnere mich, wie er mit all den technischen Herausforderungen zu kämpfen hatte. Wir anderen hatten uns daran gewöhnt, aber wenn man das erste Mal in eine Welt kommt, bei der man für jede einzelne Szene eine Darstellungskontrolle mit Gollum braucht, eine ohne Gollum, eine mit einem Größendouble für ihn (der ‚Große Paul' Randall), eine mit Größendoubles für Elijah und Sean (Fon und Kieran), noch eine, bei der Sean und Elijah auf den Knien spielten, um dann noch solche Dinge machen zu müssen, wie so zu tun, als packte man Gollum bei der Kehle, während ich die Stimme von hinter der Kamera beisteuere – all das und dann auch noch schauspielern, da kann man schon irre werden. Und bei David kam alles auf einmal. Versteht sich von selbst, daß er das alles meisterte *und* dem schlecht behandelten zweiten Sohn von Gondor ungeheure Tiefe verlieh.

Die zweite Szene, die wir gemeinsam spielten, war das Verhör Sméagols durch die Wächter in Henneth Annûn. Faramir möchte wissen, wohin er und die Hobbits in diesen Kriegszeiten wollen. Sméagol, der gerade erst brutal wie ein Fußball umhergetreten worden ist (Peter beschrieb dies als die *Clockwork-Orange*-Szene), verkriecht sich in einer Ecke der Höhle und brummelt vor sich hin. Gollum überzeugt Sméagol davon, daß Frodo sie betrogen hat und daß ‚es' gestohlen worden sei. Faramir erkennt, daß sie den Schlüssel zur Rettung seines Landes in Händen halten, was ihm endlich die Anerkennung seines Vaters Denethor (gespielt von John Noble) einbringen würde.

In der Szene ist Gollums Rücken der Kamera zugekehrt, so daß sein Schluchzen und Schwanken durch die Körpersprache erkennbar wird, während der innere Widerstreit tobt. Es war toll, mit David zu arbeiten, und ich genoß zu beobachten, wie er diesen getriebenen Mann spielte.

Die letzte Szene, an der ich arbeiten sollte, bevor die Hauptdreharbeiten beendet waren, war die Mocap-Version der Kaninchenszene. Da waren meine beiden pelzigen Freunde wieder – und das Kostüm mit den reflektierenden Punkten.

Peter hatte die Szene zusammengeschnitten, was bedeutete, daß wir jede einzelne Einstellung durchspielen konnten. Wir hatten uns in der Zwischenzeit vollkommen an den Einsatz von Motion Capture gewöhnt. Der Spaß daran ist, daß gewisse Dinge aus dem Augenblick heraus geschehen. Ein leichtes Stolpern, ein Stocken, ein tiefer Atemzug, die ganze Körpersprache wird aufgezeichnet und wird Teil der Darbietung, wodurch sich dem Auge ein höheres Maß an Realismus bietet. Es war nicht einfach, sich daran zu gewöhnen, alles allein zu spielen, nachdem wir die Szene gemeinsam gespielt hatten, aber schließlich waren sie ja da oben auf der Leinwand, und es dauerte nicht allzu lange, bis ich mich daran gewöhnt hatte. Es befriedigte mich ungemein, den computergenerierten Gollum zu sehen, wie er mit Sean und Elijah agierte, und langsam bekam ich durchaus den Eindruck,

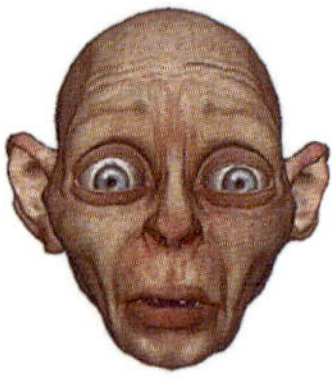

daß dies vielleicht doch eine tolle Art der Arbeit sein könnte.

Nachdem ich jahrelang Vegetarier war, habe ich nun wieder angefangen, Fisch zu essen – die dauernde Müdigkeit, Sorgen um das höhere Krebsrisiko durch aufbereitetes Soja und das Angebot frischer Meeresfrüchte am Set haben mich umgestimmt. Fängt nun der unaufhaltsame Abstieg an? Werden alle meine Prinzipien nach und nach über Bord gehen, bis ich ein unersättlicher, heißblütiger Kriegstreiber bin, der an die Überlegenheit der menschlichen Rasse glaubt? Gollum, daran hast du Schuld. Wahrlich, „gebt es mir noch zuckend und roh!"

KAPITEL NEUN

# *Flucht aus Mittelerde*

Wir alle nahmen an der ersten Pressekonferenz zu dem Film in einem Zelt in der Nähe des Sets von Minas Tirith teil. Es waren nur Journalisten aus der Umgebung geladen, wie um zu sagen „Dankeschön Wellington – hier hat alles angefangen". Ich erinnere mich, wie John Rhys Davies vor versammelter Presse sagte: „Das hier wird größer als *Krieg der Sterne*", was alle ganz nervös machte, obwohl viele von uns glaubten, er könnte recht haben.

So unglaublich es klingt, doch wir schafften es, die Hauptdreharbeiten pünktlich vor Weihnachten zu beenden. Peter gab den Abschluß am 22. Dezember 2000 bekannt. Die Abschlußfeier fand in einem riesigen Lagerhaus am Wasser statt, und das Ganze war ein unglaubliches Fest. Etwa 3000 Leute, die alle bei der Produktion mitgearbeitet hatten, versammelten sich, um diese Leistung gebührend zu feiern. Die Schauspieler führten ein *haka* auf, ein paar tolle neuseeländische Bands spielten, ein riesiges Cateringzelt beherbergte kulinarische Köstlichkeiten aus aller Welt und beeindruckende Filmausschnitte wurden gezeigt. Es war ein unglaublicher Abend.

Bev und Jhan, zwei unserer engsten Freunde, waren zum Ende der Dreharbeiten zu uns geflogen und wollten Weihnachten mit uns verbringen und mit einem Maui-Campingbus durch die Südinsel touren. Der Bus, der sechs Personen Platz bot, sollte die nächsten zweieinhalb Wochen unser Zuhause sein, und wir hatten uns einen sehr anspruchsvollen Reiseplan zusammengestellt: Mit der Fähre nach Picton; Fahrt zum Abel Tasman National Park; Totranui; Goldgräberstadt Greymouth; Fahrt entlang der Westküste nach Fjordland; Fox Glacier; Queenstown; Dart-River-Safari; Mount Cook; Hanmer Springs; Kaikoura.

Ich bin schon ein ziemlich harter Brocken, wenn es um Unternehmungen, 'tschuldigung, Urlaub geht. All die Jahre des Bergsteigens und der dazugehörigen Vorbereitungen, dazu der blanke Adrenalinschub, den ich allein schon bekomme, wenn ich nur aufbreche, um neue wilde Landschaften zu entdecken, haben mich zu einem totalen Kontrollfreak gemacht. Ich versuche immer, viel zu viel zu machen, und deshalb war es meine Schuld, daß meine Familie und meine Freunde so durch die Gegend gescheucht wurden, als ich versuchte, jeden Quadratzentimeter der Südinsel zu erforschen. Wir schafften es, den Mount Cook am ersten makellos sonnigen Tag seit Wochen zu sehen, und wir beobachteten bei Kaikoura Wale. Unvergeßlich.

Also, ich hatte die Vorstellung, daß ich vielleicht noch sechs Wochen in Wellington bleiben müßte, um die Motion Capture und die Tonspur fertigzustellen, und das wär's, Gollum in der Kiste, *finito*. Dann würden wir wieder nach Hause gehen und unser altes Leben wieder aufnehmen, neue Rollen annehmen, weitermachen.

WIE KAM ICH NUR DARAUF? Ich weiß nicht, wie dieser kleine Plan zustande kam, aber er sollte sich als blanke Ausgeburt meiner Phantasie herausstellen. Wenn ich heute, im Juni 2003, so zurückschaue, kann ich es einfach nicht fassen, wie naiv ich war. Angesichts der vielen Zeit, die wir noch hatten, beschlossen wir, Urlaub auf den Fidschi-Inseln zu machen und uns richtig um die Kinder zu kümmern. Familienzeit sozusagen. An dem Tag, als wir die Reise buchen wollten, bekam ich eine Nachricht von Sean Gascoine, meinem Agenten. Man hatte mir die Rolle des Factory-

Records-Produzenten, des ‚verrückten Professors‘ Martin Hannett in Michael Winterbottoms neuem Film *24 Hour Party People* angeboten.

Was für eine Entscheidung! Ein langer Familiensommerurlaub auf den sonnigen Fidschis oder Low-Budget-Kunstfilm in Manchester mitten im Winter? Sonnenbräune oder Wintergrippe? Sie machen Witze! Da gab es keine Wahl.

Der Zug fuhr in den grauen Bahnhof Manchester Piccadilly ein, und eiskalte Regentropfen trafen meinen Schädel wie Eisnadeln, als wollten sie sagen: ‚Ha ha ha, du Blödmann! Du bist Schauspieler, und du kannst nichts dagegen unternehmen.‘

*24 Hour Party People* war verrückt. Komplett verrückt. Mir machte die Rolle des Hannett wahnsinnig Spaß, nachdem ich sie erstmal gefunden hatte. Er ist eine lokale Legende, ein echter Pionier, schluckte alles, was chemisch war, ein Chemiker und musikalischer Alchimist. Die Bands liebten und haßten ihn, je nach seinen unvorhersehbaren Stimmungsschwankungen. Dieser Film

war das totale Gegenteil von *Der Herr der Ringe*, alles wurde locker mit der digitalen Handkamera gedreht, war improvisiert, wild und chaotisch. Und ich hatte tatsächlich eine Hose an! Und auf allen vieren kriechen gehörte auch nicht zur Rolle.

Also, das ist nicht ganz richtig. Ein Großteil der Crew kam jeden Morgen auf allen vieren zur Arbeit …

Als nächstes kam ein Low-Budget-Film, von

dem man nie wieder etwas gesehen hat, ein Gefängnisdrama, *The Escapist*, im April in Dublin gedreht, Regie Gillies McKinnon und Jonny Lee Miller in der Hauptrolle. Meine Wenigkeit spielte den Psychokiller Ricky Barnes. Ich möchte mal gern wissen, wo all diese Filme landen, die wir Briten drehen. Es muß Hunderte und Aberhunderte von britischen Filmen geben, die irgendwo in einem Low-Budget-Gefängnis schmachten, lebenslänglich.

Deshalb landet man als Schauspieler in Großbritannien immer wieder beim Theater, wenn man es schafft. Da kann man seine schauspielerischen Muskeln spielen lassen, sich eine Figur erarbeiten, und man hat die Garantie, daß es auch tatsächlich Leute gibt, die einen dabei sehen, darum geht es doch. Es ist schon eine ziemliche Geduldsprobe, wenn die eigene Leistung in einer Blechdose auf einem Regal liegt und darauf wartet, ausgeliehen zu werden. Als ich also die Rolle des Jake in Sam Shepards *A Lie of the Mind* unter der Regie meines guten Freundes Wilson Milam im Donmar Warehouse spielen sollte, konnte ich nicht nein sagen. Jake ist ein vollkommen verwirrter Frauenschläger, der das alles leugnet.

Doch halt! – machen Sie etwa eine Tendenz aus? Psycho-Ring-Junkie, Psycho-Musikgenie-Junkie, Psycho-Killer, Psycho-Frauenschläger ... Meine Ma fragt mich schon andauernd, wann ich endlich mal eine nette Rolle spiele.

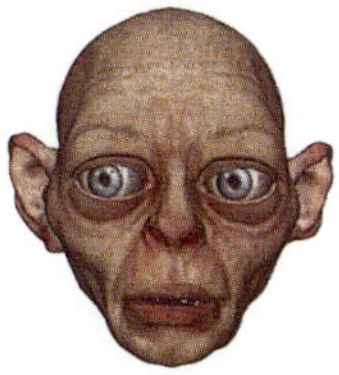

Jedenfalls war 2001 das Jahr, in dem ich meine dunkle Seite erforschte. Und da ich schon mal in dieser Verfassung war, beschloß ich, auch noch meinen eigenen kurzen Film zu schreiben und mir die dunkle Seite des britischen Gesundheitswesens anzuschauen. Es sollte eine bitterböse Komödie werden mit dem Titel *Snake*.

Es war nun schon eine ganze Weile her, seit Gollums Stimme aus meinem Mund gekommen war, und Jake hatte eine vollkommen andere stimmliche Bandbreite, an die sich meine Stimmbänder nun gewöhnt hatte. Deshalb war ich ziemlich nervös wegen der Tonaufnahmen, die ich im August noch für *Die Gefährten* zu machen hatte. Es handelte sich zwar nur um einen relativ geringen Arbeitsaufwand, aber es war nötig, daß die Stimme genau wie vorher klang, weil sie die Haupteinführung der Figur beim Publikum war, mehr als die Bilder, die ganz absichtlich so angelegt waren, um Gollum bis zu *Die zwei Türme* ganz rätselhaft im Dunkeln zu lassen.

Ich freute mich sehr, Pete und Fran zu sehen, als ich in die Pinewood Studios kam. Sie waren nach London gekommen, um mit Howard Shore die Filmmusik aufzunehmen und mehrere der Schauspieler zu Tonaufnahmen zu bitten. Es dauert immer eine Weile, bis man nach einer langen Pause zwischen Film- und Tonaufnahmen wieder in eine Figur geschlüpft ist, aber diesmal war es besonders schwierig, und ich fühlte mich Gollum ganz fremd. Irgendwann kommt immer der Augenblick, an dem man glaubt, man kriegt es nie wieder so gut hin wie beim ersten Mal, aber meistens kommt man darüber hinweg.

Nach dem Ende der Spielzeit am Theater bereiteten wir uns darauf vor, *Snake* zu drehen. Es geht um einen jungen Medizinstudenten (Rupert

Graves), der im Hinterzimmer operiert, um sein Studium zu bezahlen, einen Mann mittleren Alters (Bev Willis), dessen Frau eine neue Niere braucht, weil sie sonst stirbt, und eine Prostituierte (Lorraine Ashbourne), die eine Hüftoperation braucht, um weiterarbeiten zu können. Mein Co-Produzent Paul Viragh und ich hatten für diese Zeit ein Büro in einem Keller in Soho bezogen, das wir von unserem Geschäftsführer John Tadros bekommen hatten. Das Projekt wurde größer, als ich ursprünglich geplant hatte, und Freunde in der Branche boten uns ihre Hilfe an. Eines Morgens, als ich im Büro war und einen Kamerakran leihen wollte, den ich für eine ganze besitmmte Einstellung brauchte, sagte einer vom Stab zu mir: „Andy, schau dir das mal an!“ Ich schaute auf seinen Monitor, auf dem CNN News lief, und sah eine sehr grob gepixelte Webcam-Einstellung von einem Flugzeug, das ins World Trade Center in New York raste.

Freunde von mir kauften sich Gasmasken und horteten Wasser in Flaschen. Sie gerieten in Panik bei dem Gedanken, mit der U-Bahn nach London reinzufahren, konnten sich kein Flugzeug am Himmel anschauen, suchten in ihrer Post nach Milzbrandsporen. Es war eine merkwürdige Zeit. Wir waren alle wie gelähmt vor apokalyptischer Angst, und dennoch versuchten wir so zu tun, als sei alles ganz normal.

### 18. Dezember 2001

Die Premiere der *Gefährten* war ein unglaubliches Ereignis. All die Spekulationen waren vorüber. Die Welt brauchte nicht länger zu warten, und die Vorführung im Odeon am Leicester Square in London war wirklich großartig. Peter ging unter tobendem Applaus auf die Bühne und stellte die Schauspieler einen nach dem anderen vor. Da Gollum seinen ersten großen Auftritt erst in *Die zwei Türme* hatte und als Geheimnis gehandelt wurde, war ich bei der Pressetour nicht dabei-

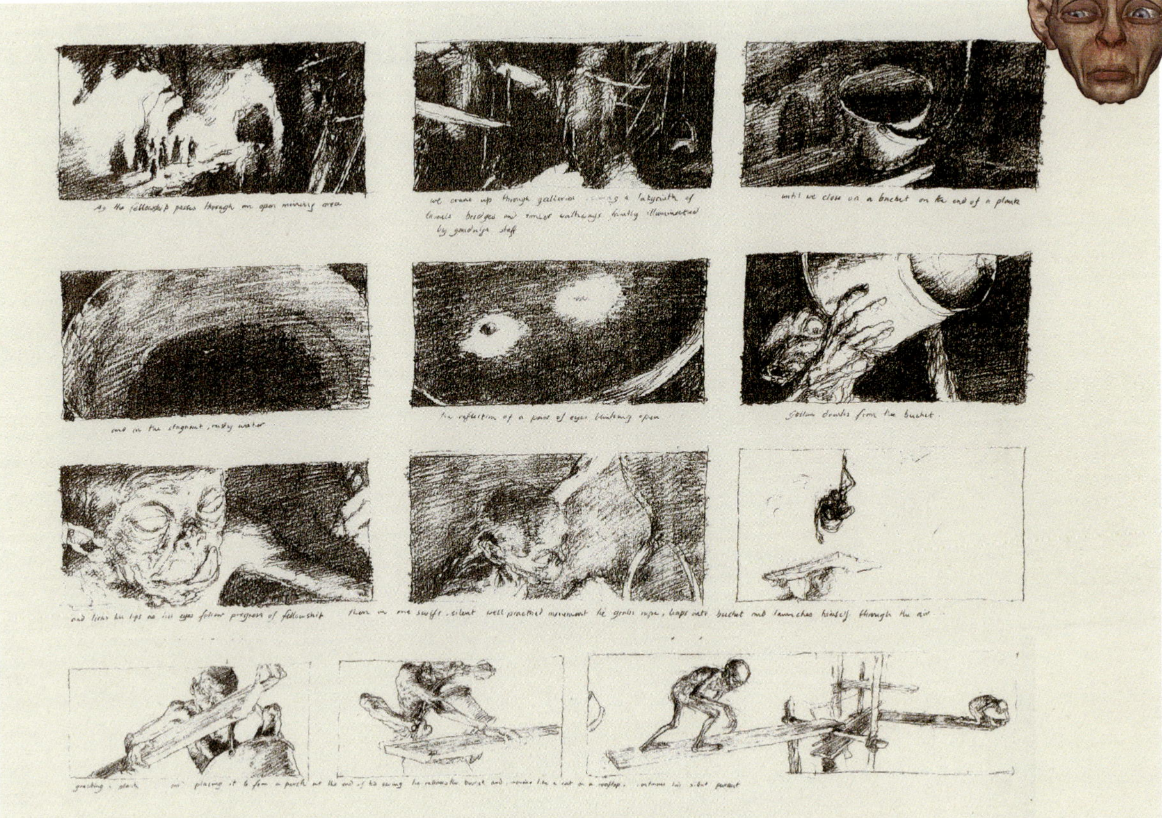

*Alan Lees Storyboard für Gollum, das dann doch nicht für* Die Gefährten *verwendet wurde.*

gewesen und hatte auch den Film bis zu diesem Abend noch nicht gesehen. Mein Herz raste, als das Licht ausging. Als der Film zu Ende war, war ich derart überwältigt von der emotionalen Kraft und Größe, daß ich vollkommen erschlagen auf dem Platz neben meiner guten Freundin und Agentin Lou Coulson saß. Und ich bin bei den Dreharbeiten dabei gewesen. Ich fand kaum die Worte, um Peter und Fran zu sagen, wie unglaublich der Film war. Es gibt nicht viele Filme im Leben, die eine solche Wirkung haben. Langsam wurde mir klar, wieviel Arbeit im Laufe des folgenden Jahres noch in Gollum steckte.

Zu Silvester schworen Lorraine und ich uns gegenseitig, daß wir in diesem Jahr endlich heiraten würden. Das war unser Vorsatz. Aber wo, wie, warum? Wir waren schon seit Jahren zusammen, hatten Kinder und wollten unseren eigenen Weg finden, unsere Partnerschaft zu festigen. Ich wollte schon immer auf einem Berggipfel heiraten, und so fuhren wir in den Lake District, wo wir bereits als Frischverliebte gewesen waren. Unglücklicherweise bekamen wir es alle am Magen und mußten im Hotel bleiben, während es draußen erbarmungslos regnete.

Die Suche konnte erst fortgesetzt werden, nachdem ich meine zweite Reise in den instabilen Geisteszustand meines *alter ego* Gollum gemacht hatte, der mich aus Wellington rief, zurückzukehren und meine Pflicht zu erfüllen, ihn einen Schritt näher an sein richtiges Debüt in *Die zwei Türme* zu bringen. Er blieb mir immer nah, weil ich wußte, daß dieses Jahr den Durchbruch oder den Untergang des kleinen Kerls bringen sollte.

KAPITEL ZEHN

# Gollums Gesicht verändert sich

Seit ich abgereist war, hatte es einige bedeutsame Veränderungen gegeben. Da ich ja auch den jungen Sméagol spielte, hatte Peter beschlossen, daß die Gesichtsstruktur Gollums der meinen viel stärker ähneln sollte – auch, um

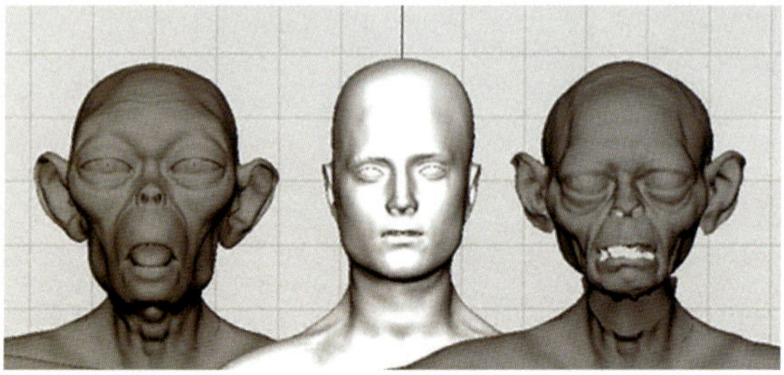

den Computermuskeln die Möglichkeit zu geben, die mimische Bandbreite zu wiederholen, die auf meiner Vorarbeit basierte. Christian Rivers hatte diese Veränderung ursprünglich vorgeschlagen, und Peter und Fran entwickelten sie dann zusammen mit Bay Riatt weiter. Die abschließenden Gesichtsentwürfe änderten sich immer wieder und wurden noch bis kurz vor Schluß verfeinert. Dazu entwickelte Gino zusammen mit Joe Letteri eine Farbskala, um der Haut mehr Struktur und Textur zu verleihen.

*Ein Großteil der Gollum-Illustrationen, die ich vor den Filmen gesehen hatte, stammten aus Kalendern und Büchern, Spielen und all dem, und überall hatte er ein sehr froschhaftes Amphibiengesicht – vielleicht lesen das die Leute aus der Beschreibung im Buch heraus. Bevor wir anfingen, Gollum zu entwerfen, fanden wir es wichtig für unsere Geschichte, daß er als hobbithafte Figur beginnen sollte, denn auch Frodo konnte es drohen, so wie Gollum zu werden. Deshalb nutzte uns dieses Froschgesicht nichts, und wir entwarfen den Gollum, den man kurz in* Die Gefährten *zu sehen bekommt – Gollum Nummer Eins nenne ich ihn.*

*Andy sollte eigentlich nur die Stimme liefern, doch er verwandelte sich körperlich in Gollum und lieferte uns eine ausgewachsene schauspielerische Leistung, weil er nur so diese Stimme finden konnte – es handelte sich einfach um den Prozeß, den Andy durchmachen mußte. Obwohl Gollum vom Computer generiert werden sollte, sahen wir eine lebende Person, die tatsächlich die Rolle des Gollum spielte, und ich dachte, es könnte für Elijah Wood und Sean Astin bei den Dreharbeiten von großem Nutzen sein, Andy am Set als tatsächlich sichtbaren Anhaltspunkt zu haben.*

*Als wir an den Aufnahmen von Gollum in* Die zwei Türme *arbeiteten, ertappten wir uns dabei, daß wir mit der Computerfigur Andys darstellerische Leistung so weit wie möglich nachzuahmen versuchten. Wir stellten allerdings bald fest, daß das nicht ging – Andys Gesichtsstruktur, seine Muskeln und die Art, wie er Augen, Wangen und Mund bewegt und seine Mimik beim Spielen war offenkundig nicht dieselbe, die wir zuvor in unseren künstlichen Gollum eingebaut hatten. Aber wir wollten nun mal, daß Gollum wie Andy aussehen sollte, und wenn Andy die Muskeln in seinem Gesicht anspannte und einen bestimmten Ausdruck hervorrief, dann sollte der computergenerierte Gollum wie Andy aussehen und denselben Gesichtsausdruck zeigen. Da wurde uns klar, daß wir das Gesicht unseres Computer-Gollums ändern mußten, wenn wir Andys Referenzaufnahmen wirklich nutzen wollten.*

Peter Jackson, *Regisseur*

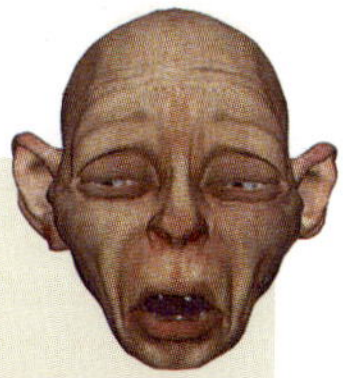

*Ich dachte immer, Gollum wäre recht einfach in den Griff zu bekommen. Er ist eine dürre, drahtige, vielleicht nicht ausgemergelte, aber abgemagerte Figur mit großen Augen und schütterem, langem Haar, der ein paar Zähne fehlen. Diese Vorgaben in eine Figur umzuwandeln war eine ganz schön langwierige Aufgabe, vor allem 1998, bevor man Andy für diese Rolle ausgewählt hatte. Wir fertigten Bleistiftzeichnungen an, bauten Modelle, machten einen Entwurf nach dem anderen. Und selbst nachdem die Dreharbeiten schon beendet waren, änderten wir Gollum immer wieder auf digitaler Ebene, weil sich die Filme während den Dreharbeiten noch weiterentwickelten.*

*Dann holte Pete Andy als Gollums Stimme und ließ ihn bei ziemlich vielen Einstellungen auch Gollum spielen, und wir setzten dann Andys Darbietung digital animiert um. Dann ließ er ihn auch noch Sméagol spielen, und wir schauten uns noch einmal unseren Entwurf an und stellten fest, daß unser Gollum überhaupt nicht zu Andy als Sméagol paßte. Er sah ihm überhaupt nicht ähnlich! Also arbeiteten wir unseren Entwurf erneut um, behielten unser ursprüngliches Konzept bei und stellten uns vor, wie sich Gollum aus Andy entwickeln könnte. Ich versuchte, die Proportionen beizubehalten und mehr von Andys Gesichtszügen einzuarbeiten. So verpaßte ich ihm statt der kleinen, himmelwärts gerichteten Knubbelnase eine etwas kantigere Nase und Lippen, die eine schmalere Version von Andys Lippen darstellten. Auch wenn Gollums Augen überaus groß sind, versuchte ich, die Winkel der Augenbrauen ebenfalls zu übernehmen. Das Ganze erwies sich als erheblich effektiver.*

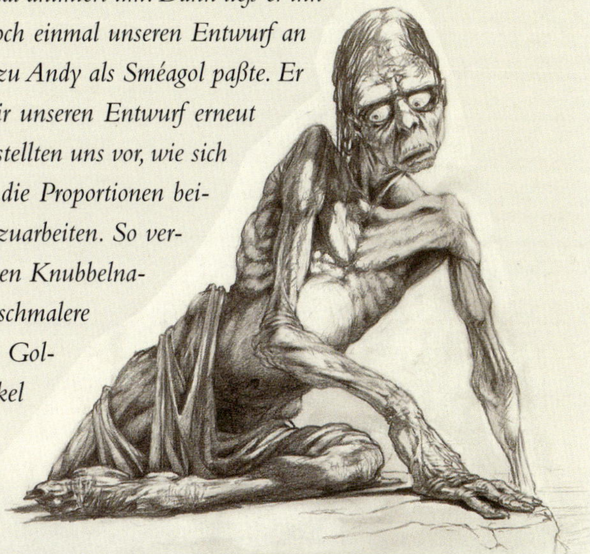

*Christian Rivers, Designer, Weta Digital*

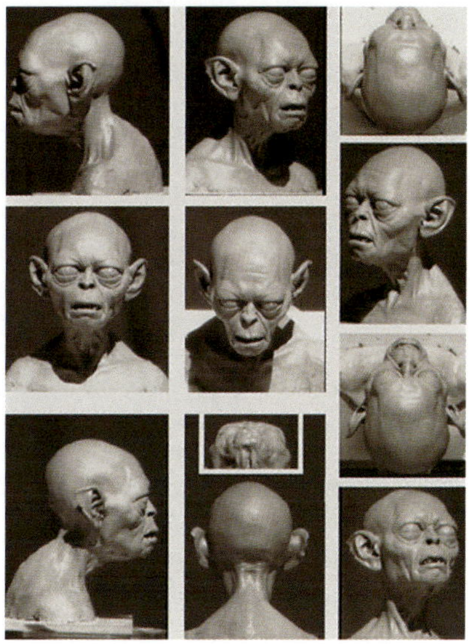

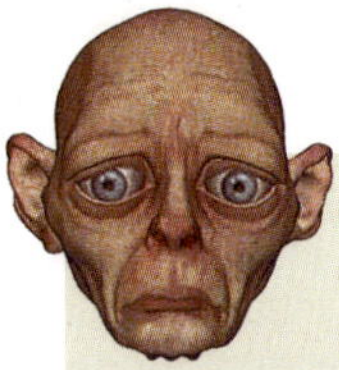

*Mein Leben änderte sich durch ein Gespräch, das ich 1999 führte. Charlie McClellan, der damalige Produzent bei Weta Digital, suchte nach Leuten, die an den Spezialeffekten arbeiten sollten. Wir unterhielten uns in einem Hotelzimmer irgendwo in Los Angeles, und ich fragte mich, wie diese winzige Firma irgendwo im Südpazifik überhaupt auf die Idee kam, eines der größten Trickprojekte aller Zeiten durchziehen zu können.*

*Ich saß auf einem kleinen Sofa und blätterte in ein paar Software-Handbüchern, die ich mitverfaßt hatte. Ich war die Ruhe selbst.*

*Ich hatte einen guten Job, arbeitete mit Leuten, in die ich größtes Vertrauen hatte. Ich war bei diesem Gespräch, weil mir meine Ma als Kind immer Tolkien vorgelesen hatte, und ich wollte nur mal sehen, ob ich irgendwie dazugehören könnte. Ich erinnere mich noch, daß ich dachte, wenn diese Leute keine Vision haben, dann stehe ich auf und gehe. Dann würde ich nur noch hoffen, daß sie die Filme fertigkriegten, ohne die Bücher allzu sehr zu verpfuschen.*

*Ein weißhaariger Neuseeländer, der dem Schauspieler Rutger Hauer verteufelt ähnlich sah, erläuterte, wie er sich das Computerprojekt bei Weta vorstellte. John Sheils, der Pre-Production Digital Supervisor, glaubte an*

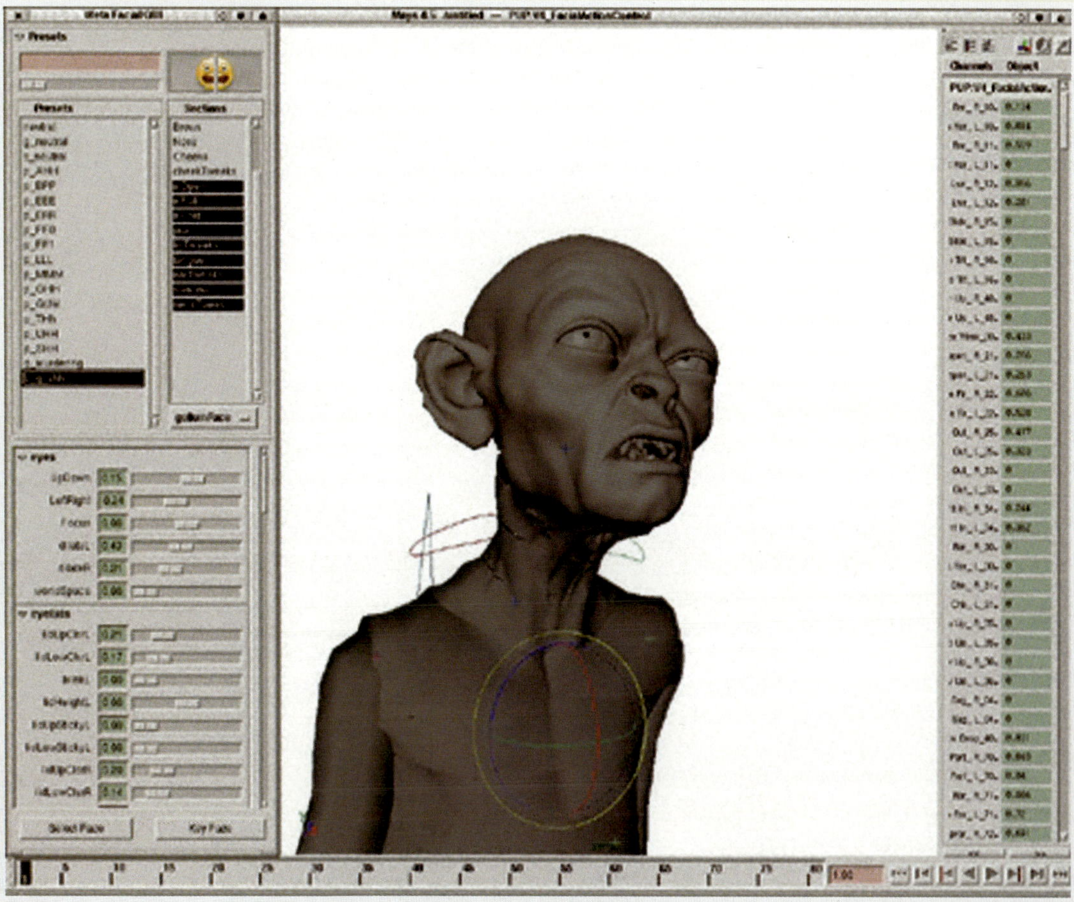

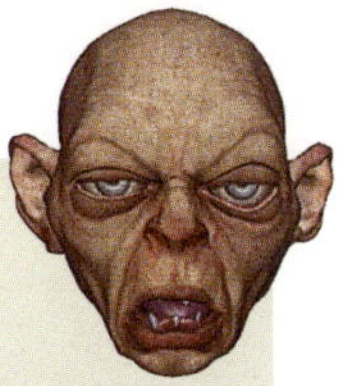

*das, was er sagte, und zu meiner wachsenden Besorgnis ergab das, was er sagte, nach und nach Sinn. Nachdem ich mir ein beeindruckendes Pre-Production-Demo angeschaut hatte, das Weta Digital produziert hatte, stellte ich die Frage, deren Beantwortung mich veranlaßte, meine Koffer zu packen und über die Weltmeere nach Neuseeland zu gehen. „Das sieht ja alles ganz toll aus, aber wie wollen Sie Gollums Gesicht darstellen?" Charlie erwiderte nur: „Wir haben gehofft, daß Sie das machen."*

*Zweieinhalb Jahre später, kurz vor Weihnachten, stand Peter Jackson mit einer ganzen Meute von Leuten von Weta Digital um einen Konferenztisch und drehte langsam eine Tonskulptur von Gollums Kopf auf einem Drehteller. Nach einer Weile sah er mich an und fragte, was ich davon hielt. Ich antwortete: „Ich glaube, dieser Entwurf wird eine größere emotionale Bandbreite bieten und besser zu Sam und Frodo passen." Er nickte: „Na dann los!" Die Bildhauerin Jamie Beswarick und ich packten den Kopf und stürmten hinaus. Ich glaube, nicht wenige Leute lachten über uns, denn nur einige Monate vor Beginn der Dreharbeiten war entschieden worden, Gollums Gesicht neu zu gestalten. Wir standen unter großer Anspannung, denn das bedeutete, daß keine einzige Aufnahme mit Gollum gedreht werden konnte, bis mein Team und ich das gesamte Gesichtssystem überarbeitet hatten.*

*Jamie und ich rannten lachend zum Gebäude hinaus. Wir schnappten uns eine Kamera aus der Kamera-Abteilung, rannten auf den Parkplatz und schossen Referenzfotos von dem Kopf. Ein Team zusammenzustellen, das Gollums Gesicht aufbauen sollte, war schwierig. Schon recht früh entschieden wir, wir mußten Gollums emotionale Bandbreite eindeutig definieren und durften nur ein paar Digitalkünstler einsetzen und nicht 50 Leute, wenn wir Gollum durchgehend einheitlich haben wollten. Und selbst wenn am Ende 50 Animatoren an Gollum arbeiten sollten, mußte er stets derselbe bleiben. Wir wollten eine Situation vermeiden, in der jeder einzelne Trickfilmer entsprechend seinen Fähigkeiten die Figur Bild für Bild definierte. Gollum mußte stets derselbe bleiben, genau wie ein Schauspieler. Und genau wie bei einem Schauspieler mußten wir festlegen, was sein Gesicht konnte und was nicht, und er mußte von Anfang bis Ende Gollum bleiben.*

*Um diese Konsistenz zu erreichen, legten François LaRoche, Jason Schleifer, Jeff Hameluck und ich einen Ausdrucksrahmen fest, in dem wir all die Gesichtsbewegungen Gollums festschrieben.*

*Klingt kompliziert, und das ist es auch. Grundlage des Systems ist eine Kunstform, die ich ‚kombiniertes Bildhauern' nenne, ‚combination sculpting'. Stellen Sie sich einmal all die Nerven in Ihrem Gesicht vor und deren mögliche Kombinationen, dann werden Sie verstehen, warum Gollum über 900 verschiedene Formen annimmt. Und warum ich, wie ich verschämt zugeben muß, über 10 000 einzelne Gesichtsausdrücke ausprobierte, während wir die Nervenkontrollstruktur für Gollum entwarfen.*

*Um den Neuentwurf rechtzeitig umsetzen zu können, mußte ich mir drei Digital Sculptors suchen, die mir dabei halfen. Sie mußten schnell sein, talentiert und wahrhafte Bildhauer dazu. Andy Serkis war unser Vorbild, aber Gollum war alles andere als menschlich. Ich brauchte Leute, die ohne Vorlage bildhauern und malen können und wissen, wie man eine Karikatur anfertigt. Ich bringe dabei gern folgenden Vergleich an: Combination Sculpting ist ähnlich wie die traditionelle Animation, nur daß jede Zeichnung von jedem Winkel aus gut aussehen und daß die Sequenz in jeder beliebigen Richtung einen Sinn ergeben muß. Kurz gesagt, ich brauchte 3D-Pixel-Ninjas! Nachdem ich mir Hunderte von Bewerbungen und Mappen angeschaut hatte, schlossen sich John Feather und Sven Jensen zusammen mit Bradford deCaussin aus Wetas Modellier-Abteilung Gollums Gesichtsteam an.*

*Während ich wie wild versuchte, das endgültige Modell absegnen zu lassen, probierten Brad, Sven und John das Combination-Sculpting-System zu begreifen, das ich aufgebaut hatte. Sie alle machten eine intensive Hirnschwitzkur durch, während sie versuchten, dahinterzukommen. Hautverteilung, unter der Oberfläche liegende Formen und Flexibilität miteinander zu verknüpfen, ohne es langweilig wirken zu lassen. Ich hatte zwei Jahre Zeit gehabt, alles zu entwerfen, zu verbessern und die Ästhetik von Gollum in mich aufzunehmen, und nun bat ich diese Jungs, das alles in einem Monat hinzukriegen.*

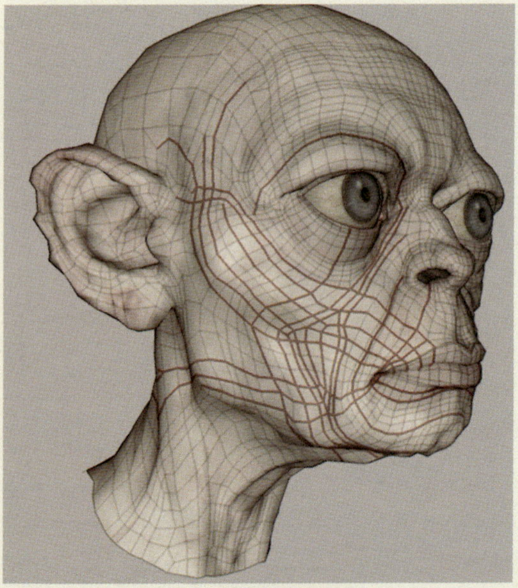

*Ich machte mir große Sorgen, daß das nicht zu schaffen sein könnte und daß ich einfach Blödsinn gemacht hatte, als ich ein System aufbaute, das zu verrückt war, um es in derart kurzer Zeit umbauen zu können. Doch die Jungs kriegten es in den Griff.*

*Ich erinnere mich noch, wie jeder einzelne von ihnen seinen Erkenntnisaugenblick hatte, wo er in den Monitor starrte und darüber nachdachte, worum ich sie gebeten hatte. Sie gaben irgendeine winzige Veränderung ein, erstellten ein Gesicht, lachten dann, wandten sich zu mir und sagten etwas wie: „Das ist sowas von cool, Bay!"*

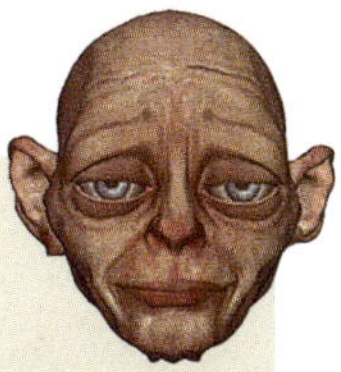

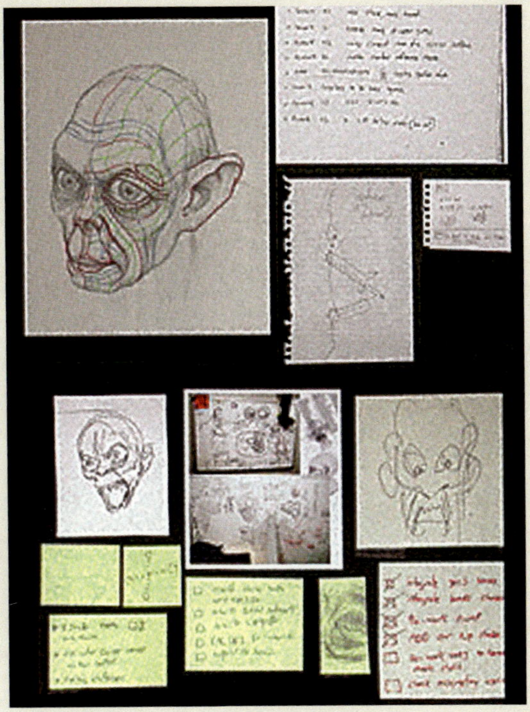

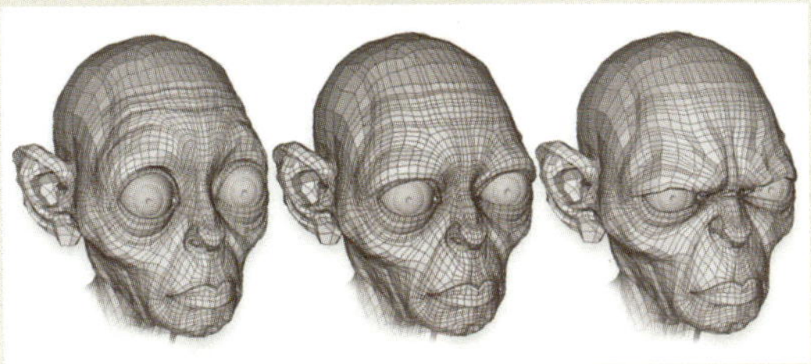

*Ich glaube, das war das Highlight meiner Erfahrung bei* Der Herr der Ringe. *Na ja, vielleicht auch noch die Premiere, als das Publikum aufhörte zu lachen, nachdem Gollum Sméagol einen Mörder schimpft. Oder vielleicht doch das erste Mal, als ich die Höhlentrolle in Balins Grab zur Musik und den Geräuschen knurren hörte – ach, okay, es gab eine Menge Highlights.*

*An einem Wochenende mußte Weta den Strom vollständig abstellen, also brachte ich die Computer zu mir nach Hause. Sven war dabei, und wir arbeiteten das Wochenende durch. Sven war bei einem bestimmten Gesichtsausdruck auf einen Fehler gestoßen und war ungeheuer frustriert, also redeten wir in aller Ausführlichkeit darüber, bis wir so gegen drei Uhr früh ein echtes Heureka-Erlebnis hatten. Wir kriegten heraus, wie Gollums höhnisches Grinsen, Stirnrunzeln und Blinzeln richtig funktionierte, und gegen sieben Uhr früh hatten wir ein sogenanntes Formnetzwerk fertig, das die Szene zu dem Satz „Wie nennt er mich?" einfach perfekt machte. Die Art, wie Gollum in dieser Szene glotzt, ist direkter Ausfluß dieser frustrierten, spätnächtlichen Unterhaltung.*

*Am intensivsten war die Arbeit mit all diesen Tricksern. Randy Cook, Direktor der Abteilung Animation, war Mentor und führender Kopf. Seine Fähigkeiten, Entwürfe anzufertigen, zu animieren und zu modellieren, sind einfach unglaublich.*

*Die Größe von Gollums Augen bereitete mir den größten Kummer. Peter Jackson wollte sie immer größer haben, und die Animatoren wollten sie immer kleiner haben. Jedesmal, wenn die Augen geändert wurden, bedeutete das eine Menge Umarbeiterei für mich. Von der Designseite ergab das durchaus Sinn, aber von der Animationsseite führt zu viel Augenweiß dazu, daß der Ausdruck unklarer wird. Ich war oft der Bremser bei uns Trickfilmern – ich hatte den Eindruck, daß es mein Job war, sie und ihre Arbeit zu unterstützen, und es fiel mir jedesmal sehr schwer, nein zu sagen, wenn ein Mitarbeiter etwas wollte, das außerhalb des Rahmens lag, den wir für Gollum festgelegt hatten. Wir verfeinerten Gollum bis zum Ende der Dreharbeiten zu* Die Rückkehr des Königs, *aber jedesmal wenn wir etwas änderten, mußten die Animatoren umlernen. Doch alle waren ungeheuer langmütig bei all den Bauarbeiten rings um sie herum.*

Bay Raitt, *Creature Facial Lead, Weta Digital*

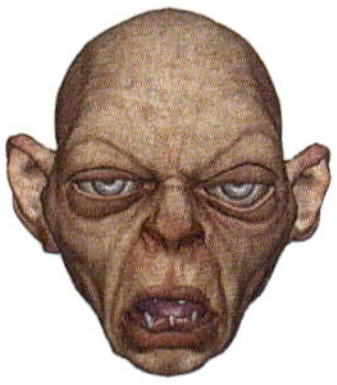

Die Methode, mit der Gollum zum Leben erweckt werden sollte, hatte sich immer klarer entwickelt. Während *Die zwei Türme* langsam im Schneideraum Form annahmen, traf Peter in den Gollumszenen seine Vorauswahl, die so weit wie möglich von der schauspielerischen Bandbreite bestimmt werden sollte, um dann erst die entsprechenden technischen Mittel zur Umsetzung zu wählen. Peter bestand darauf, daß die Aufnahmen, die wir an den Drehorten gemacht hatten, auf den Monitoren der Animatoren Seite an Seite neben ihren Computer-Gollum gestellt wurden, damit sie der Handlung möglichst genau folgen konnten.

Dabei gab es drei Hauptansätze: *Rotoskopie, Key-frame Animation* und *Motion Capture.*

In der Kampfszene zwischen Gollum, Frodo und Sam wollte Pete die Einstellungen verwenden, wo ich tatsächlich im Bild zu sehen war und wo ich mit Sean ringe, während er sich bemüht, wieder loszukommen. Dabei sollten die Energie und der Körperkontakt so echt wie möglich wirken, und dazu wurde die mühsame Methode der Rotoskopie eingesetzt. Die Künstler zogen Gollums dürren Köprer buchstäblich über meine genauen Bewegungen und rechneten dann das überschüssige Fett (also meins) Bild für Bild heraus. Eine sehr zeitraubende, präzise Vorgehensweise, aber für diese Einstellung die einzig richtige.

Diese Methode wurde in vielen Fällen eingesetzt, so auch an der Stelle, wo Sméagol Frodos Umhang packt und ihn zu überreden versucht, Mordor nicht durch das Schwarze Tor zu betreten, und ein andermal, als Gollum in den Totensümpfen Frodo aus dem Wasser zieht.

In gewissen Szenenabschnitten wurde Keyframe Animation eingesetzt, wobei man die Aktion auf dem Set als Richtschnur verwendet (zum Beispiel in der ersten Einstellung von Gollum, wenn dieser in den Emyn Muil an einem Seil herumgezerrt wird). Diese kam auch dann zum Einsatz, wenn es unmöglich war, auf dem Gelände tatsächlich zu spielen, wie bei der ersten Einstellung, wenn Gollum die senkrechte Felswand herunterkommt, während die Hobbits schlafen. Aber vor allem wurde das Gesicht mit Key-frame animiert.

Bay Raitt hatte in der Zwischenzeit schon sehr lange an der Entwicklung von Gollums Gesicht gearbeitet. Als ich die endgültige Skulptur sah, war ich völlig erstaunt. „Bay," sagte ich, „das sieht aus

wie eine Mischung aus meinem Vater und meinem Sohn.“ Gollum war wie mein Vater und Sméagol wie mein Sohn. Die Muskeln konnten durch Überblendungen kontrolliert werden und waren bestimmten Schlüsselposen zugeordnet, mit denen

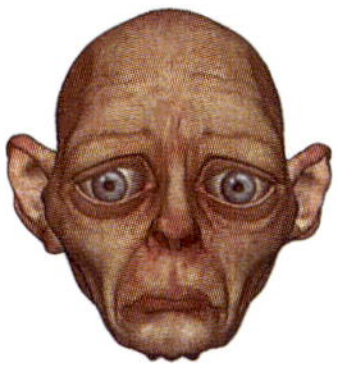

sich eine große Menge emotionaler Regungen darstellen ließ. Nachdem dies erledigt war, konnten die Animatoren wieder zu der Darstellung zurückkehren, die ich ursprünglich geliefert hatte, und zur Motion Capture. Peter konnte dann bestimmte Einstellungen auswählen, die er passend ausstaffiert haben wollte (wie zum Beispiel in der zentralen Szene der Schizophrenie). Ansonsten bedienten sich die Animatoren des Kerns einer Darstellung und verstärkten diesen. Dann arbeiteten wir gemeinsam daran, jeden einzelnen Schritt richtig wirken zu lassen, und falls nötig, spielte ich noch einmal Szenenabschnitte direkt für die Animatoren, um ein bestimmtes Aussehen oder einen Augenblick noch genauer bestimmen zu können.

Seit den *Gefährten* wollte Peter vor allem, daß wir Motion Capture in noch größerem Umfang einsetzten. Viele Szenen wurden auf diese Weise nachgefilmt, jeweils unter der Regie von Peter, Fran, Philippa oder Randy, und mit Hilfe dieser Aufnahmen konnten wir Gollums schauspieleri-

*Unsere Herausforderung – besser gesagt, unser Wunsch, denn als Herausforderung haben wir das nie gesehen – lag immer darin, über die Animation auch eine schauspielerische Leistung auf die Leinwand zu bekommen, die der jeweiligen Szene angemessen ist. Die Figur muß also dasselbe Niveau an Wirklichkeit erreichen wie alle anderen Schauspieler. Ihre Aktionen müssen mit dem schauspielerischen Einsatz all der anderen Mitspieler übereinstimmen. Gollum ist zwar einer der Stars, aber er ist auch Teil des Teams und eine dramatische Gestalt, und mal abgesehen von den technischen Herausforderungen und Bedürfnissen, denen wir uns widmen mußten, um ihn glaubwürdig zu machen, mußten wir uns auch darüber im klaren sein, was die Figur tatsächlich dachte.*

*Alle Animatoren mußten dieselbe Figur spielen, sie mußten dasselbe Verständnis für die Figur haben, über das Andy verfügte. Hätten sie ihn nur kopiert, ihn nur ohne weiteres Verständnis nachgeahmt, dann hätte etwas gefehlt, denn dann wären sie nicht zu Schauspielern geworden, sondern zu Imitatoren. Und die Nachahmung einer berühmten Person durch einen Imitator, und mag sie noch so sehr nach der Person klingen, bleibt doch immer nur Imitation, wirkt oft übertrieben und unreal.*

*Das Aussehen Gollums war von Richards Team bei Weta Workshop und natürlich durch Peters Einfluß vorgegeben, aber was das Verhalten der Figur angeht, hat das eine Menge mit uns zu tun. An einer Stelle machte Mike Stevens was mit Gollum, das überhaupt nichts mit Andys Arbeit zu tun hatte, ihn aber sehr tak-*

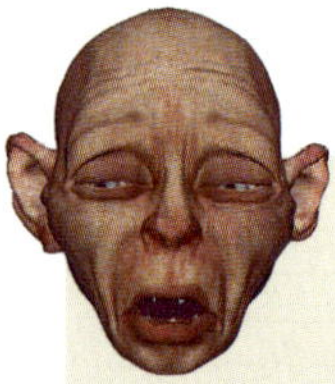

*til, nahezu kokett und unheimlich machte. Ich hätte nie daran gedacht, aber das war eine total coole Idee, genau die richtige Mischung aus verdreht und furchteinflößend.*

*So wie es interessanter ist, eine große Bewegung zu animieren, statt nur einen Kerl, der in einem Sessel döst, ist es auch interessanter, etwas zu machen, das leicht zurückgenommen wirkt. Es macht einfach mehr Spaß. Es kann zwar jeder, sagen wir mal, Caligula spielen, aber nicht jeder kann ihn gut spielen. Etwas kann riesig rüberkommen und die Leute zufriedenstellen, und trotzdem kommt es dem Geist der Figur und des Films überhaupt nicht nahe. Ich wollte gegen alles angehen, das theatralisch billig wirkte, und damit meinte ich, die Figur so zu sehen zu bekommen, wie man sie schon gesehen hat, und etwas zu machen, daß zwar unterhaltsam ist, aber falsch und völlig unpassend. Ich glaubte nicht, daß Gollum eine vollkommen zurückhaltende Figur sein sollte, aber manchmal war nur ein hauchdünner Unterschied zwischen groß und wahr und groß und total daneben. Gollum muß extrem sein, ein Caligula, aber das muß wunderbar gespielt werden, einzigartig sein. Das war die Herausforderung, die wir hoffentlich meistern konnten – ihn einzigartig und anders zu machen als alle Schurken, die man schon gesehen hat, als alle anderen Junkies und Monster.*

*Andy und ich haben uns darüber unterhalten, als wir uns das erste Mal sahen; ich hatte mir bei Gollum immer gedacht, daß er ein Süchtiger war. Wir redeten darüber, und Andy war zu demselben Schluß gekommen. Es ist ziemlich offenkundig, und wie ich finde, kann man die Spielweise für Gollum ganz gut darauf aufbauen, wenn man vom Text ausgeht – Korruption durch Macht –, er liegt mit sich selbst im Krieg, und dabei haben sich verschiedene, deutlich unterschiedliche Seiten herausgebildet, die sich so zu verschiedenen Identitäten verfestigt haben.*

*Schurken sind furchtbar leicht zu spielen, und je liebenswürdiger sie wirken, desto besser. Gollum hat durchaus Anrecht darauf, sympathisch zu wirken, aber er ist auch ein interessanter Schurke. An dieser Figur ist viel dran, und ich hoffe, daß durchaus widersprüchliche Emotionen ausgelöst werden, wenn es um die Frage geht, was aus ihm geworden ist.*

*Randall William Cook, Animation Design Supervisor*

sche Leistung verbessern, ohne dem Druck von Filmaufnahmen ausgesetzt zu sein. Manchmal hielten wir uns strikt an die Vorgaben der am Set gespielten Szene, manchmal stellten wir sie nach. Das Tolle an Motion Capture ist ihre Genauigkeit: Man kann jede einzelne kleine Bewegung erfassen, Atmen, Schluchzen oder gar so zufällige Dinge wie Stolpern, was der Arbeit, eine Figur in ihre Umgebung einzupassen, noch mehr Realität verleiht. Das war sehr hilfreich, wenn es darum ging, die schmerzhaften Mühen von Gollums Bewegungsabläufen zu zeigen.

Üblicherweise neigen animierte Figuren dazu, ganz geschäftig über die Leinwand zu huschen, da die Trickfilmer bisher das Gefühl hatten, jedes einzelne Bild mit Bewegung füllen zu müssen. Anders als bei der üblichen schauspielerischen Leinwandpräsenz gibt es nur ganz selten mal einen Augenblick des Nachdenkens oder Besinnens.

Es ging uns erst langsam auf, daß der Großteil der Emotionen und inneren Gedanken offenkundig über die Augen nach außen tritt, wie man bei den großen Schauspielern des Films sehen kann. Gollum mußte in der Lage sein, stillhalten zu können, Au-

genblicke größter Sammlung zu zeigen und das Publikum teilnehmen zu lassen. Kurz gesagt, er mußte auch eine Nahaufnahme ausfüllen können, genau wie Elijah und Sean. Es ist durchaus interessant, sich einige der frühen Szenen anzuschauen, die viel plakativer und melodramatischer sind, geschäftigt und zuweilen übereifrig. Das hatte damit zu tun, daß ich versuchte, die Gefühle pantomimisch darzustellen, um den Animatoren zu zeigen, was Gollum fühlte. Bei den späteren Szenen war ich mir sicher, daß ich diese Gefühle für mich behalten konnte, die Zuschauer sie aber dennoch mitbekamen.

Die Mocap-Einheit hatte sich seit den ersten Pioniertagen völlig verändert und zu einer voll funktionstüchtigen Einsatzmannschaft in einer funkelnagelneuen High-Tech-Umgebung entwickelt. Remington Scott (der *Final Fantasy,* den ersten, völlig über Motion Capture erzeugten Trickfilm gedreht hatte) war der Boß, und ständig waren Mitglieder des Mocap-Software-Teams zur Stelle, um technische Probleme zu meistern. Lisa Wildermoth war seine Assistentin.

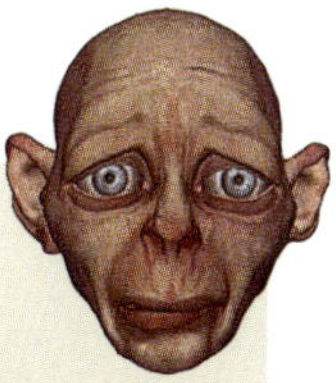

*Wir wollten das nachbilden, was an der menschlichen schauspielerischen Darbietung so zwingend ist. Wenn man sich Nahaufnahmen von Schauspielern anschaut, dann geht es stets um sehr subtile Regungen, die Augen, den Blick. Selbst wenn man sich nur die Augen anschaut, die sich scheinbar gar nicht verändert haben, wirken sie in der einen Einstellung traurig und in der nächsten fröhlich, obwohl es sonst im Gesicht keinerlei erkennbaren Unterschied gibt. Man kann an den Augen die Gefühle erkennen. Das ist wohl das Geheimnis von Gollum. Wir können es uns nicht erlauben, daß Gollum künstlich wirkt – er muß echt wirken.*

Peter Jackson, Regisseur

*Ich übernahm im Januar 2002 die Aufsicht über die Motion-Capture-Produktion von* Der Herr der Ringe: Die zwei Türme. *In den nicht mal zehn Monaten bis zum Schlußtermin für die Visual Effects war ich verantwortlich für über 12 000 Bewegungen in den großen Kampfszenen. Die Arbeit für diese Einstellungen bestand aus Zehntausenden von Figuren, die miteinander interagierten, und ich betrachte dies gern als donnernde Symphonie menschlicher Kinematik, als visuelle Entsprechung eines ohrenbetäubenden Orchesters mit Zehntausenden von Instrumenten, die alle gleichzeitig spielen.*

*Die größere Herausforderung bestand allerdings darin, die ambitionierteste, hyperrealistisch umgesetzte Computerfigur in der Hauptrolle eines Films umzusetzen und einzufügen. Diese einsame Gestalt verfügt über die emotionale, psychologische und physische Tiefe der vielschichtigsten Figuren der Literaturgeschichte. Wenn die riesigen Menschenmengen mit einem Orchester verglichen werden können, dann vergleiche ich diese Persönlichkeit mit einem Soloinstrumentalisten, dessen sehnsuchtsvolle Töne durch die Einsamkeit klingen.*

*Meine Aufgabe bestand darin, dafür zu sorgen, daß Gollum eine absolut einzigartige Figur wurde, die allein durch die schauspielerische Leistung von Andy Serkis angetrieben wird.*

*Es gab insgesamt drei Mocap-Produktionsabschnitte mit Andy Serkis. Die erste bestand aus zwei einwöchigen Sessions im Januar/Februar 2002, die zweite war im Juni und dauerte zwei Wochen, und die dritte im Juli dauerte eine Woche.*

*Um sicherzustellen, daß Peter Jackson Gollum so beeinflussen konnte, als sei er ein Schauspieler am Drehort und keine computeranimierte Figur, die erst nach der Produktion erstellt wird, war es wichtig, Andys Spiel in Gollums Gewand in Echtzeit sehen zu können. Um dies zu erreichen, mußten wir zwei spezielle Charakterstudien erstellen, die die Bewegungen von Andys Gelenken auf das unproportionale Skelett von Gollum übertrugen. James van der Reyden, der führende Mocap-Techniker, entwarf verschiedene Charakterstudien für verschiedene Aktionen: Wenn Andy auf den Füßen stand, wenn er kniete und wenn er auf allen vieren kroch. Später sprangen die Bewegungsspezialisten zwischen diesen drei Studien hin und her, wann immer Gollum zwischen zwei- und vierfüßig wechselte.*

*Mit all diesen Funktionen hatte Peter die Möglichkeit, die Mocap-Aktionen von Andy Serkis als Computer-Gollum in Echtzeit auf dem Monitor zu sehen. Das funktionierte aber auch in die andere Richtung, was Peter erlaubte, Veränderungen vorzunehmen oder die Aufnahme entsprechend zu ändern, was er auch tat. Er nutzte jede Variationsmöglichkeit, um die Grenzen des Mediums auszuloten und sicherzustellen, daß wir Andys Bewegungen genauso festhielten, wie es nötig war, um in jeder Einstellung Gollums Handlungsspielraum, Persönlichkeit und emotionale Bandbreite nutzen zu können.*

*Drei Videobearbeiter, die am Rande der Mocap-Bühne saßen, zeichneten jede Einstellung gleichzeitig auf. Das Video bot uns Nah-, Mittel- und Breitaufnahmen von Andys Arbeit, die dann als Referenzaufnahmen für die Animation benutzt werden konnten. Jede Kamera wurde auf einer eigenen Spur abgespeichert, und Peter konnte sich jede davon einzeln vorspielen lassen.*

*Sean Mathiesen übernahm die Nachtschichten und nahm die ausgewählten Takes auf Mini-DVD auf. Jeder Take wurde vor Kulisse und vor blauem Hintergrund aufgezeichnet. Diese Takes gingen dann zum Schnitt, so daß Peter Jackson sie in den Film schneiden und bei jeder Einstellung die exakte Bildgröße bestimmen konnte. Diese Auswahl diente dann als Referenz für Andys abschließende Tonaufnahmen.*

*Insgesamt hatten wir über acht Stunden überarbeiteter und geschnittener Mocap von Gollum, aus denen Peter Jackson die einzelnen Szenen auswählen konnte. Viele der Einstellungen mit Gollum, die eingefügt und abgesegnet worden waren, sind zum Schluß doch noch aus der Filmversion rausgeflogen. Ich freue mich schon, diese Szenen auf der Langfassung auf DVD wiederzusehen.*

*Die große Wirkung von Motion Capture, wie sie nun durch Andy Serkis' schauspielerische Leistung aufgezeigt wurde, besteht darin, daß ein Schauspieler den Rahmen der üblichen Typenfestlegung sprengen und eine Figur spielen kann, die in ihrem körperlichen Aussehen vollkommen anders ist. Dies erweitert die Technik des Films und verändert die Beziehung zwischen Schauspieler und Publikum.*

Remington Scott, *Motion Capture Supervisor*

Ich wurde befördert und bekam einen glänzenden blauen Anzug, der nicht mehr so affig, sondern eher nach Eisschnelläufer aussah. Dazu kam noch eine Crew von drei Videokameraleuten, die Referenzaufnahmen machten, und Tontechniker, die mit Liveaufnahmen beim ‚Mocappen' experimentierten. Und als Peter und Fran am ersten Tag der Dreharbeiten hereinkamen, machte sich gleich eine richtige Arbeitsatmosphäre breit.

Die Hauptszenen, die wir in diesem Abschnitt aufnahmen, waren Emyn Muil (Gollum schwört, dem Herrn des Schatzes zu dienen), Das Schwarze Tor (Gollums Erinnerungen an die Folter) und Passagen aus den Totensümpfen (Gollum führt die Hobbits durch den Sumpf voller Leichen). Zum erstenmal erlebte ich ein merkwürdiges Phänomen: Wir entwickelten im Motion-Capture-Studio tatsächlich völlig neue Szenen, die dann erst *später* mit Elijah und Sean gefilmt wurden. Ich hat-

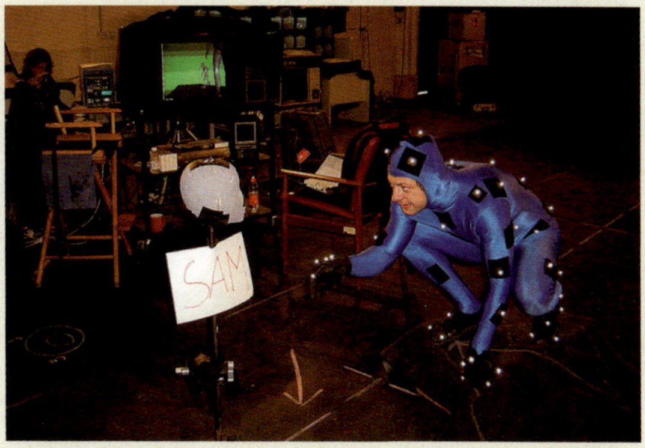


*Die Motion-Capture-Abteilung bei Weta Digital ist einmalig, weil sie sehr eng mit echten Schauspielern zusammenarbeitet. Das ist ein Glück für uns, aber für den Schauspieler ist das sehr schwierig, denn er hat kein Kostüm, kein Make-up, keine Kulisse oder sonstige Hilfe, um sich in die Figur hineinzuversetzen.*

*In Andys Fall war die Aufgabe sogar noch schwerer, weil er Szenen nachspielen mußte, die er vor Monaten, manchmal vor Jahren gedreht hatte, und dann noch ohne die anderen Schauspieler, die in diesen Szenen mitgespielt hatten – manchmal spielte er mit einem Gummikopf auf einem Stecken. Es ist einfach erstaunlich, daß man unter diesen Bedingungen noch eine gute darstellerische Leistung bringen kann. Und Andy liefert mehr als nur gute Leistung – seine Arbeit ist stets mehr als bemerkenswert. Manchmal standen der Mannschaft die Tränen in den Augen, was ganz erstaunlich ist, wenn man bedenkt, was für ein Haufen Zyniker wir sind. Manchmal mußte ich sie aber auch strengstens ermahnen, während der Aufnahme nicht zu lachen; das wissen sie zwar selbst, aber sie konnten einfach nicht mehr an sich halten.*

*Andy ist mein Lieblingsschauspieler, wenn es um die Zusammenarbeit geht – ihn zu filmen ist stets eine Freude, und seine liebenswürdige Art gegenüber allen Mitarbeitern wird von allen hoch geschätzt.*

*Gollum ist eine so vielschichtige Gestalt; er weckt Sympathie und Ablehnung zugleich. Andy für die Rolle des Gollum zu besetzen war entweder Glück oder beweist, wie ungeheuer klug Peter Jackson und Fran Walsh sind.*

*Lisa Wildermoth, First Assistent Director, Mocap*

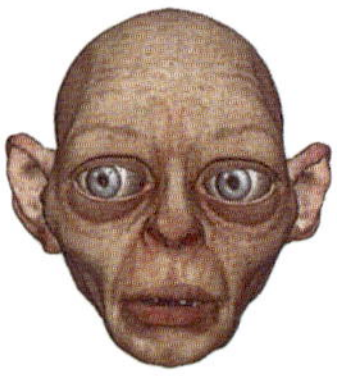

te den Eindruck, als wiche die Technik endlich den kreativen Möglichkeiten, und das war eine äußerst erfreuliche Entwicklung. In vielerlei Hinsicht war dies meine glücklichste, aufregendste Zeit während des ganzen Projekts, denn endlich gab es einen langen, ungestörten Fluß an künstlerischer Energie. Ich arbeitete sehr intensiv, entdeckte jeden Tag neue Dinge an der Figur und entwickelte alles direkt mit Pete und Fran zusammen, mit denen ich mich völlig im Einklang fühlte.

Auch der Arbeitsablauf hatte sich geändert. Wir drehten die Motion Capture an einem Tag, und am nächsten Tag nahmen wir den Ton zu der Szene auf, die wir gerade gemocappt hatten, so daß alles noch frisch und lebendig war. So hatten wir dann die Möglichkeit, weiter am Text zu arbeiten, bevor die Auswahl getroffen und alles an Weta Digital weitergereicht wurde.

Zu diesem Zeitpunkt setzten Fran und ich uns zusammen, um einen neuen Fahrplan für Gollum in *Die zwei Türme* zu erarbeiten. Fran, Philippa und

ich waren uns bewußt, daß die Figur zwar funktionierte, aber wir sahen auch, daß wir noch eine ziemliche Strecke zurückzulegen hatten, bevor er wirklich in die dramatische Geschichte paßte, vor allem was seine sich entwickelnde Beziehung zu Frodo betraf.

Wir überlegten auch, wie wir seine Schizophrenie begründen und dramatisch umsetzen konnten. Zwischen den Mocap-Sessions fuhren wir zu Fran und Pete nachhause, wo Fran eine Tafel mit angepinnten möglichen Szenenideen und Charakter-

*Seit dem Ende der eigentlichen Dreharbeiten an der Trilogie hatte die Mocap-Crew das Privileg, Andy dabei zuschauen zu dürfen, wie er auf der Mocap-Bühne seine Künste darbot. Im Laufe dieser Arbeit entwickelten sich Team und Technik ebenso weiter wie die Figur des Gollum.*

*Wir nehmen nur die groben Bewegungen von Gollum auf, und erst die Kombination aller Fähigkeiten in den Abteilungen bei Weta und verschiedener Softwareprogramme überträgt die großartige Leistung Andys und erweckt Gollum auf der Leinwand zum Leben.*

*Das war für uns das erste Mal, daß wir mit einem Hauptdarsteller und dem Regisseur gemeinsam auf unserer Bühne arbeiteten. Wir waren an jenem ersten Tag natürlich sehr nervös, aber es war toll, Andy Serkis und Peter Jackson gemeinsam arbeiten zu sehen. Wir sollten anfänglich nur zwölf Einstellungen aufnehmen, aber nachdem Peter erstmal die Möglichkeiten gesehen hatte, drehten wir allein im ersten Gollum-Abschnitt 112 Einstellungen! Wir waren auch ziemlich eingeschüchtert von der Flut an Mitarbeitern, die dazugehören, wenn ein Hauptdarsteller und der Regisseur mit uns arbeiten. Normalerweise sind wir zu sechst oder siebt, dazu noch ein Schauspieler oder Stuntman. Plötzlich waren wir 20 oder 25 am Set.*

*Andys Engagement ist inspirierend. Es war durchaus normal zu sehen, wie die Crew von seinen Darbietungen berührt wurde – was ja eine Kunst für sich ist, wenn man bedenkt, daß da ein Typ in einem blauen Lycra-Trikot sich auf einer Bühne bewegt, die überhaupt nicht so aussieht wie der Hintergrund auf dem Videomonitor, und vollkommen allein spielt. Wegen Andys außergewöhnlichem Einsatz waren wir in der Lage, die Arbeit bis an den Punkt voranzutreiben, wo es für die meisten Schauspieler schwierig werden dürfte – wir glauben, daß die meisten Schauspieler seiner Klasse die Beschränkungen nicht ertragen würden, in einer virtuellen Realität zu arbeiten. Wir bewunderten auch Andys Fähigkeiten, sich mit allen sofort anzufreunden, und er wurde sehr schnell Teil des Mocap-Teams. Während des ersten Drehabschnitts hatten wir keine Garderobe, also mieteten wir einen Wohnwagen wie jene, die bei den Hauptdreharbeiten benutzt werden. Andy ging nur einmal ganz kurz hinein, vielleicht für fünf Sekunden, und das auch nur, weil jemand gesagt hatte, es seien Wetten darauf abgeschlossen worden, daß er ihn überhaupt nicht benutzen würde! Er war einfach viel glücklicher, wenn er mit den anderen rumhängen konnte.*

*Schade, daß die Arbeit der Mocap-Crew an Gollum bald zu Ende sein wird. Mit Andy zusammenzuarbeiten war wirklich ein Privileg. Wir fühlen uns geehrt, mitgearbeitet zu haben, und wir werden ihn vermissen.*

*Frank Cowlrick*
*James van der Reyden*
*Jake Botting*
*Emily Pearce*
*Mahria Sangster*
*Lisa Wildermoth*
*John Curtis*
*David Bawel*

notizen aufgestellt hatte. Wir begannen zu diskutieren, daß der Sméagol-Teil seiner Persönlichkeit, die jüngere, naive Seite, vom aggresiven, pragmatischen und rachsüchtigen Gollum-Teil seiner Psyche erdrückt und verdrängt worden sei, ähnlich wie bei einem kleinen Kind, das von einem dominanten Elternteil mißbraucht wird. Gollum hatte Sméagol psychologisch in die Unterwerfung gezwungen, so daß dieser beinahe für immer verloren war.

Dann kam Fran auf die entscheidende Idee, daß dieses verschreckte Kind Sméagol durch die wachsende Verbindung zu Frodo und das zunehmende Vertrauen wieder auftauchen könnte, so daß es zu einem heftigen inneren Kampf kommt, bei dem Gollum gestürzt und von einem neuen Herrn ersetzt wird. Sméagol könnte sich wieder erinnern, wer er ist, könnte sich emotional von den grausamen Fesseln befreien, die Gollum ihm angelegt hatte, und könnte im Gespräch mit jemand anderem als seinem Gollum-Ich zu einer Art Frieden finden. Dies würde auch zu Frodos wachsendem Mitgefühl passen und zu seinem Verständnis für die Last von Sméagols Sucht und Schmerz. Frodo hilft Sméagol, sich erkennen zu geben, lernt dabei aber auch, Mitleid und Gnade walten zu lassen, weil er langsam die Macht erkennt, die der Ring über ihn hat. Er muß Sméagol retten, um zu wissen, daß er sich selbst retten kann. Es ist fast so, als sähe er in ihm sein eigenes Bild, nur hoffnungsloser.

Ich betrachtete Gollum/Sméagol langsam als einen Todkranken im Endstadium, während Frodo gerade erkennt, daß er an derselben Krankheit leidet. Dies steht natürlich in vollem Widerspruch zu Sam, der uneinsichtig darauf beharrt, daß Gollum dies alles nur spielt, um an den Ring zu kommen.

Man hatte mir mitgeteilt, daß wir bei diesen Aufnahmen mit der Möglichkeit von Gesichts-Motion-Capturing experimentieren wollten, was sich sehr interessant anhörte. Der Gedanke, daß mein Gesichtsausdruck das Gesicht des Computer-Gollum ebenso antreiben sollte wie schon der Körper,

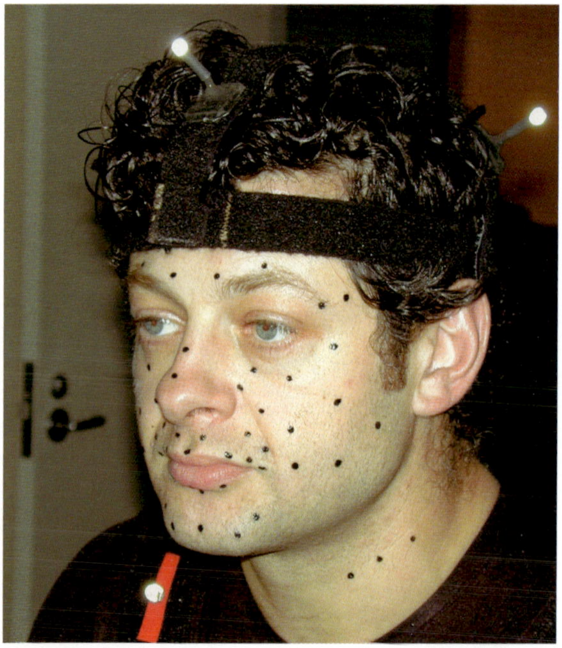

schien der nächste logische Schritt zu sein. Man darf nicht vergessen, daß sich diese Art der Technik die ganze Zeit über weiterentwickelte, und ich hatte durchaus das Gefühl, Testpilot einer neuen Maschine zu sein.

Remington Scott sagte: „He, Andy, guck dir das mal an!“ Dann reichte er mir die Kopie eines Farbfotos von einem Schauspieler im Frack, daneben ein identisches Foto von demselben Schauspieler. Ich schaute mir das Foto an, wußte aber nicht wirklich, was das sollte.

„Sorry, Remington, das kapier ich nicht, was soll das?“

„Also, der Typ rechts ist der Schauspieler, und der Typ links ist aus dem Computer. Es hat in LA ein paar Versuche gegeben, mit Hilfe von Facial Capture (Gesichtserfassung) einen Schauspieler mit sich selbst agieren zu lassen. Das würden wir auch ganz gern mal mit Gollum probieren.“

Sie legten mir eine durchsichtige Plastikmaske mit kleinen Löchern übers Gesicht und malten mir mit einem Make-up-Stift genau vermessene Punkte auf. Jeder einzelne Punkt gehörte, genau wie die Punkte auf meinem Trikot, zu einem besonderen Muskel oder einer Muskelgruppe, so daß man die Bewegungen exakt verfolgen konnte. Ich hatte gedachte, noch lächerlicher auszusehen sei unmöglich, doch da saß ich nun, als hätte ich eine seltene Art von Pocken. Das wurde mein tägliches Ritual während dieser Phase des Motion Capturing.

An einem Tag beispielsweise hockte ich auf meinem Stuhl, das Gesicht mit Punkten übersät, die Augen schwarz umrandet, die Lippen knallrot geschminkt, um die Bewegungen von Augen und Lippen zu akzentuieren (Marilyn Manson wäre zu Tode erschrocken), und wir drehten alle Szenen aus *Die zwei Türme* in einer einzigen Session, wobei drei Kameras aus verschiedenen Winkeln

gleichzeitig aufnahmen. Auch diese Aufnahmen sollten die Animatoren benutzen, um so eine visuelle Referenzsammlung all meiner Gesichtsausdrücke zu erhalten. Es kam mir ziemlich steril und wissenschaftlich vor, so ohne Körperbewegung zu agieren, weil ich ja auf dem Stuhl sitzenbleiben mußte. Aber es ging vermutlich darum, festzuhalten, wie sich das Gesicht bewegte, nicht um eine rundum künstlerische Darbietung.

Nach längeren Diskussionen darüber, ob dieser Weg der Gesichtserfassung weiterverfolgt werden sollte, wurde entschieden, daß nicht mehr genug Zeit war, das System schnell genug vor Schluß der Produktion auf praktikables Niveau zu heben. Wir brachen ab, Gollums Gesicht sollte per Key-frame animiert werden.

*Ach, die stürmische Ehe von Animation und Motion Capture. Ich liebe sie beide, aber manchmal habe ich das Gefühl, sie liegen miteinander im Krieg, und ich stehe mittendrin. Ich kapier das nicht: Arbeiten wir denn nicht alle auf dasselbe Ziel hin – Gollum zur einnehmendsten computeranimierten Figur zu machen, die es je in einem richtigen Film gegeben hat? Das kann einen Cybernauten unter den Schauspielern doch in den Wahnsinn treiben! Manchmal kommen einem die beiden glatt wie Gollum/Sméagol vor.*

Anim: *Wir hassen Mocap, nicht wahr, Schatzzz?*

Mocap: *Ich hör nicht zu, ich hör nicht zu.*

Anim: *Wo wärst du denn ohne MICH? Du existierst doch nur wegen MIR!*

Mocap: *Andy ist unser Freund!*

Anim: *Du hast keine Freunde, niemand mag DICH!*

Mocap: *Verschwinde und laß uns weitermachen, wir brauchen dich nicht mehr.*

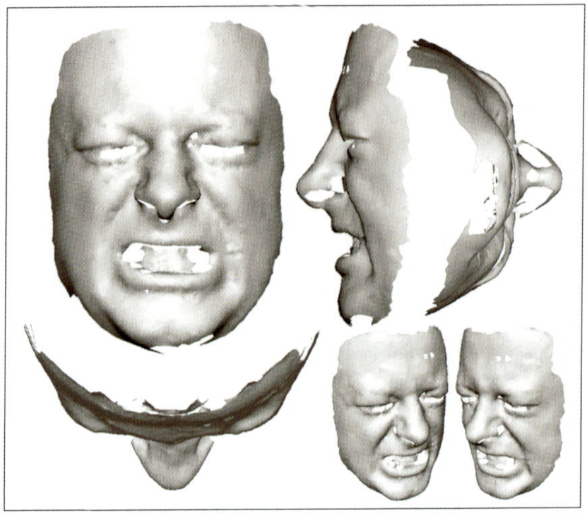

Es war ein sehr merkwürdiges Gefühl. Ich weiß noch, daß ich während einer Mocap-Session auf die Toilette ging und mich im Spiegel betrachten wollte. Ich erkannte mich nicht. Ich hatte den Eindruck, mich wie der Computer-Gollum zu bewegen. Ich hob meine Hand vors Gesicht – sie fühlte sich wie Gollums Hand an –, ich hatte mich körperlich in ihn verwandelt. Das hört sich sensationslüstern an, aber anders kann ich das Gefühl nicht beschreiben. Die Arbeit ist sehr intensiv, und mein Gehirn hatte noch nicht verarbeitet, daß ich nicht mehr in der Szene war. Das Gefühl dauerte noch eine Weile an.

Ich ergriff die Gelegenheit, das alles mal hinter mir zu lassen, und nahm die Fähre zur Südinsel. Die Schiffahrt war wundervoll, und sie wurde noch viel toller, weil eine riesige Gruppe Delphine uns bis in die Marlborough Sounds verfolgte, eine bunte Ansammlung aus kleinen und großen Buchten und Inseln, durch die man sich einen Weg zum Hafen von Picton bahnt, wo die Fähre anlegt.

Ich wohnte in einem urgemütlichen Haus, *The Lazy Fish*, das man nur mit einem Boot erreichen konnte, und ich verbrachte zwei Tage damit, die atemberaubende Queen-Charlotte-Route abzuwandern, die durch üppige Wälder geht und von der aus man einen guten Blick aufs Meer hat. Hier hatte ich tatsächlich das erstemal die Idee, dieses Buch hier zu schreiben, weil ich einige meiner Erfahrungen weitergeben wollte.

Motion Capture für diesen Abschnitt war beendet, wir hatten alle ungeheuer viel gelernt und hatten eine irrsinnige Menge an Einstellungen aufgenommen, und der kleine graustichige Gollum unternahm nun seine Pixel-Odyssee durch die Bewegungsabläufe, um dann der Animation übergeben zu werden. Wenn ich ihn das nächste Mal in ein paar Monaten sehen würde, dann hätte er eine Haut, und statt des starren und augenlosen Schädels hätte er ein bewegliches, ausdrucksstarkes Gesicht.

Für diesen Abend hatte Mahria Sangster, Mocap-Koordinatorin, ein Mini-Filmfestival organisiert, damit alle ihre eigenen Arbeiten vorstellen konnten. Das Ereignis fand in einem Kino in Camper-down statt, und ich konnte *Snake* zeigen, tatsächlich die Weltpremiere. Das Ereignis hatte sich herumgesprochen, und das Kino war gesteckt voll. In solchen Augenblicken fühlt man sich wirklich als Angehöriger einer riesigen Familie. Pete, Barry, Mark, Gino und Alan – sie waren alle da, um mir ihre Unterstützung zu geben, und obwohl ich fürchterlich nervös war, wie der Film wohl ankommen würde, genoß ich den Abend. Es gab ein paar unglaublich witzige und schräge Filme zu sehen, dazu ein paar echte Juxfilme, und der Abend bewies nur wieder einmal, welch ungeheure Menge an Talent und Kreativität im großen Kreis des *Rings* blüht und gedeiht.

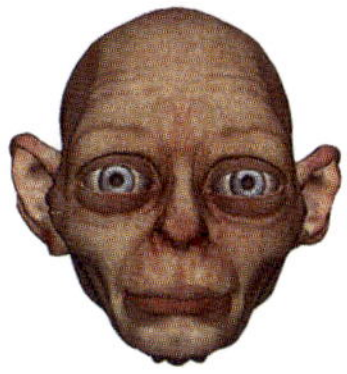

Lorraine und ich kehrten für ein paar Wochen nach Hause zurück und wurden zu den BAFTA Awards (British Academy of Film und Television Arts) eingeladen, wo *Die Gefährten* sehr gut abschnitt und vom Publikum zum besten Film gewählt wurde. Nach mehreren Treffen in London, bei denen es um zukünftige Filmprojekte ging, flogen wir nach LA zu den Screen Actors Guild Awards, für die die Besetzung des Films als bestes Ensemble nominiert worden war.

Dann ging es zurück nach Neuseeland zu Nachaufnahmen und neuen Szenen für *Die zwei Türme*.

Ich erinnere mich an die Nacht der Oscar-Nominierungen. Es war fast ein Uhr, als ich bei Pete und Fran ankam. Der Produzent Mark Ordesky war dort, dazu noch Philippa und Chris und Dan Hennah. Es war unglaublich spannend mitzubekommen, wie eine Oscar-Nominierung nach der anderen hereinkam, insgesamt 13 Stück, und wir kicherten und jubelten, während sie verlesen wurden. *Die Gefährten* erhielt so viele Nominierungen wie noch kein Film zuvor in der Geschichte der Academy, abgesehen von *Titanic*.

Bester Film des Jahres
DER HERR DER RINGE:
DIE GEFÄHRTEN

Beste Regie
PETER JACKSON

Bestes Drehbuch auf Grundlage von bereits produziertem oder veröffentlichtem Material
FRAN WALSH, PHILIPPA BOYENS & PETER JACKSON

Bester Nebendarsteller
IAN McKELLEN

Beste Kamera
ANDREW LESNIE

Bester Schnitt
JOHN GILBERT

Bester Sound
CHRISTOPHER BOYES, MICHAEL SEMANICK, GETHIN CREAGH & HAMMOND PEEK

Beste Art Direction
Art Direction: GRANT MAJOR
Set Decoration: DAN HENNAH

Beste Filmmusik
HOWARD SHORE

Beste visuelle Effekte
JIM RYGIEL, RANDALL WILLIAM COOK, RICHARD TAYLOR & MARK STETSON

Bestes Kostümdesign
NGILA DICKSON & RICHARD TAYLOR

Bestes Make-up
PETER OWEN & RICHARD TAYLOR

Bester Titelsong
„MAY IT BE" – Musik und Text von
ENYA, NICKY RYAN & ROMA RYAN

KAPITEL ELF

# „Niemand mag dich …“

Der Spannungsbogen, die emotionale Reise Sméagol/Gollums in *Die zwei Türme* war ausgearbeitet. Fran und Philippa hatten alle Dialoge durchgearbeitet und manche Stellen, die zu Sméagol gehört hatten, nun Gollum zugeordnet und umgekehrt. Jetzt war es an der Zeit, alle Trickfilmer zusammenzutrommeln und die Entwicklung der Figur im Verlauf des Films durchzusprechen. Üblicherweise lesen die Animatoren keine Skripte, und ich bin mir sicher, sie arbeiten nach Storyboards.

*Als ich den Leuten zu Anfang erzählte, ich wolle am* Herrn der Ringe *mitarbeiten, hielten mich viele für verrückt. „Wozu willst du um den halben Erdball fliegen, wenn du hier auch einen guten Job in der Animation kriegen kannst?“ Sie wollen eine ehrliche Antwort? Wegen Gollum. Meiner Meinung nach ist er eine der stärksten, dynamischsten Figuren, an denen ein Animator überhaupt arbeiten kann. Das Ganze war kein Zuckerschlecken. Wir haben sehr hart gekämpft, ihn glaubwürdig zu machen, und ich kann mich noch gut an tägliche Meetings erinnern, in denen sich die Leute um kleinste Kleinigkeiten gestritten haben. Aber genau wegen dieser Entschlossenheit und Leidenschaft ist Gollum überhaupt nur so gut geworden.*

*Ein Animator hat normalerweise mehr Kompetenz, als wir bei Gollum hatten. Ich mußte mich daran gewöhnen, daß Gollum nicht mir gehörte, sondern Andy Serkis, Fran Walsh und natürlich Peter Jackson. Nach einer Weile allerdings wurde klar, daß Gollum eigentlich nur sich selbst gehörte. Ich fühlte mich immer zu Sméagol hingezogen, und daher versuchte ich immer an den Einstellungen zu arbeiten, die eindeutig Sméagol zeigten. Seine rührenden Versuche, Frodo zu gefallen, waren einfach einnehmend. Er wollte so sehr, daß ein anderes Wesen ihm vertraute. Ich habe immer glauben wollen, daß etwas Gutes in ihm steckte.*

*Technisch war es eine große Herausforderung, denn wir mußten ja unsere Arbeit nicht nur genau an die von Andy anpassen, sondern auch noch mit unendlich vielen Interpretationen umgehen. Manche Einstellungen mußten wieder und wieder gemacht werden. Das konnte frustrierend sein, aber ich bedaure nicht einen Augenblick, dabeigewesen zu sein. Gollum war eine dieser Figuren, an denen ich wohl mein Lebtag arbeiten könnte, ohne auch nur die Oberfläche seiner wahren Tiefgründigkeit anzukratzen.*

Melanie Cordan,
*Creature Designer, Weta Digital*

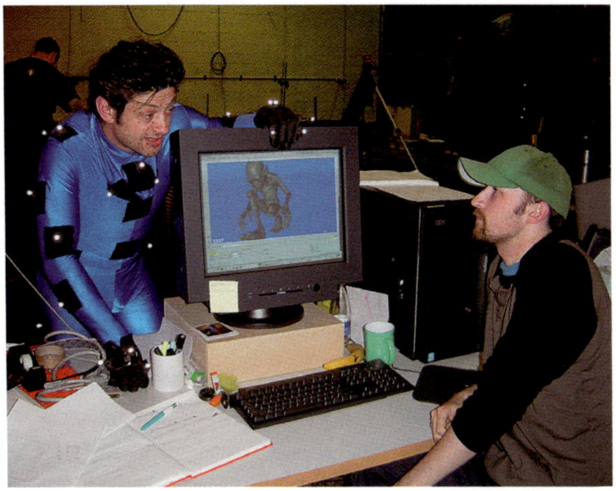

Doch nun handelte es sich um eine Figur mit viel Text und echten Gefühlen. Alle mußten auf derselben Wellenlänge sein, um das hinzukriegen.

Animatoren sind in gewisser Hinsicht Schauspieler, indem sie aus ihren eigenen Lebenserfahrungen und Emotionen schöpfen und auf eine Figur übertragen. Sie setzen sogar ihre eigene Mimik ein, indem sie sich in einem Spiegel betrachten. Wenn allerdings 40 Animatoren an verschiedenen Elementen Gollums arbeiten, dann könnte bildlich gesprochen der Faden fehlen, der die Perlen einer Kette hält, und wenn man von der komplexen psychologischen und emotionalen Queste ausgeht, die diese Figur hinter sich hat, dann könnte die Figur 40 verschiedene Persönlichkeiten haben. Doch hier lautete die Aufgabe anders. Statt in Spiegel zu schauen, nutzten die Animatoren die Darstellung eines einzelnen Schauspielers und hielten sich eng an die Aufnahmen, die an den Drehorten und beim Motion Capturing gemacht wurden und als emotionale Richtschnur dienen sollten, um alles zusammenzuhalten.

Es gab also ein Gipfeltreffen aller an Gollum Beteiligten. Alle hatten ein Drehbuch, und Fran elektrisierte uns regelrecht, so daß jeder ganz genau wußte, was noch zu tun war. Das war der entscheidende Augenblick für Gollum. Endlich sollte er wesentlichen Einfluß auf die Geschichte haben.

Peter, Elijah, Sean und ich wurden nach Ohakune gefahren, um eine neue Schlüsselszene aufzunehmen, in der der Zwist zwischen Sam und Gollum eigentlich begann. Sam macht sich über Gollum lustig, doch Frodo spricht für ihn und erklärt Sam, er wolle diese Kreatur retten. Sam glaubt, Frodo handle nicht aus freiem Willen, und unterstellt, er ähnle mehr und mehr Gollum selbst. Während dieser Zeit versucht Gollum, der von dieser Unterhaltung nichts mitbekommt, einen Fisch zu fangen. Er scheint jetzt glücklicher zu sein, fast wie ein Kind, dem man endlich Zuneigung gezeigt hat. Ich wollte, daß da so etwas rüberkam, als würde er zu Frodo hinsehen und sagen: „Schau mal, Dad."

Drehort dieser Szene waren die Mangawherro Falls unterhalb des grandiosen Mount Ruapehu. Die Aussicht, wo Peter drehen wollte, war spektakulär. Allerdings gab es ein Problem. Der Ort lag unter einer tiefen Schneeschicht begraben, aber aussehen mußte es wie Sommer. Ich wartete im Hotel und stand auf Abruf bereit. Peter beschloß, es auf jeden Fall zu probieren, wenn der Schnee rechtzeitig geräumt werden könnte. Also machte sich das Team mit Hochdruckschläuchen, Heizlüftern und Flammenwerfern daran, Schnee und Eis von dem gewählten Bildausschnitt abzuschmelzen. Gegen Mittag hatten sie es geschafft.

Ich wurde in einem Thermoanzug zum Set gebracht, der zehn Zentimeter dick zu sein schien – ich konnte mich darin kaum rühren, ganz zu schweigen, mich wie Gollum bewegen. Das Wasser, in dem ich würde fischen müssen, war eisig, aber ich sagte mir: *Na, der Thermoanzug wird mich wenigstens warm halten.* Falsch! Als Peter „Action!" rief und ich untertauchte, war das Wasser so kalt, daß mir der Atem stockte. Ich planschte unbehol-

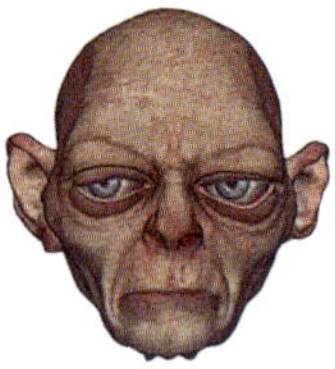

fen herum, mehr, um am Leben zu bleiben, und tat so, als versuchte ich einen Fisch zu fangen. Es war nicht besonders überzeugend, und Peter ließ es mich wiederholen. Viermal.

*Du versuchst den armen Sméagol umzubringen.*

Ich beugte mich über einen Monitor und sah mir eine Szene mit Gollum an; dabei war die Animation über das Motion Capturing gelegt worden, das wir bei der letzten Session aufgenommen hatten. Irgend etwas stimmte nicht, aber ich brauchte eine Weile, bis ich es herausbekam. Dann fiel der Groschen. Sie hatten die falsche Tonspur animiert. Wir hatten den Text mühsam neu über die Motion-Capture-Aufnahmen gesprochen, damit die Animatoren mit dieser Aufnahme arbeiten konnten, doch irgendwo in der großen Maschinerie war der Text verlorengegangen. Die Animatoren hatten die Dateien mit dem Ton nie erhalten. Viele Wochen lang hatte die Animation mit den falschen Tonspuren gearbeitet.

Ich war am Boden zerstört. Ich hatte generell schon wenig Einfluß auf die Szenen, aber mental hatte ich das abgehakt und machte weiter. Und nun war es zu spät, noch etwas zu ändern, denn die Produktion war schon viel zu weit fortgeschritten. Peter, Fran und Barrie wurden informiert, und es begann eine umfassende Suche nach den vermißten Dateien. Sie hatten sich in Luft aufgelöst und tauchten nie wieder auf. Ich mußte diese Szenen über ein Jahr später noch einmal aufnehmen. Es gab nicht allzu viele Tage, an denen ich mit den Nerven am Ende war, aber das war einer davon.

Während der Nachaufnahmen packte uns das Weltmeisterschafts-Fußballfieber. Dave Williams und Nigel Nally waren unsere überaus fähigen Organisatoren. Jeden Abend nach Drehschluß verwandelte sich eine Bar, ein Haus oder Hotelzimmer in den Ort für die obligatorischen Zusammenkünfte, bei denen wir den Fernseher anschrien, gefolgt von wilden, spätnächtlichen Analysen und der Vernichtung der Biervorräte Wellingtons.

Wie es Sean Astin da schaffte, nach wochenlangen Dreharbeiten und einer langen Samstagnacht an einem fürchterlich nassen Sonntagmorgen ein ganzes Filmteam aus den Betten zu locken, um ihm dabei zu helfen, seinen Kurzfilm zu drehen, werde ich wohl nie erfahren. *The Long and the Short of It* ist ein Musterbeispiel dafür, daß die *Ring*-Familie miteinander durch dick und dünn ging. Sean kann einen jederzeit um den Finger wickeln, und das tat er auch. Es war wirkich sehr lustig, wenn auch leicht masochistisch: „Ich komm kaum aus dem Bett, zu wenig Blut im Alkohol." Wir spielten alle andere Rollen als normalerweise – so übernahmen Andrew Lesnie, unser Director of Photography, die Hauptrolle als ‚der quengelige Maler' (und zwar recht anrührend, wie ich hinzufügen möchte); Peter Jackson spielte einen Busfahrer und bewies wieder einmal, daß kleine Nebenrollen einen ganzen Film aufpeppen können; Mark Ordesky wurde vom Produzenten zum Kaffeeholer degradiert; Elijah Wood übernahm das Kommando als Regieassistent, und ich wurde befördert von dem Mann mit den Flecken im Gesicht zu dem Mann mit den Straßenabsperrhütchen – aber ich hatte einen gerissenen Plan und arbeitete mich bis zum Mittagessen zum Produzenten hinauf. Dann arbeitete ich mich bis zum Tee wieder die Karrieretreppe hinunter. Der Film ist wirklich spitze und ist auf der DVD von *Die zwei Türme* zu bewundern; weitere Informationen finden sich unter www.seanastin.com.

Als ich den Text für die zentrale Schizophrenie-Szene bekam, war ich ganz aufgeregt. Es handelte sich um einen inneren Dialog, in dem sich Sméagol zu seiner wachsenden Treue gegenüber Frodo, seinem neuen Herrn, bekennt, und Gollum schilt ihn dafür kräftig. Fran ist es gelungen, tief in die Seele von Gollum/Sméagol einzutauchen. Ich erkannte sofort, das war eine Schlüsselszene, und hier konnte das Publikum in Gollums Gedanken vordringen. Denn bisher waren die Zuschauer nur auf Armeslänge herangekommen und hatten kaum eine Vorstellung davon bekommen können, wer diese Figur überhaupt war.

Am Drehtag war ich bereit.

Wir drehten die Szene in einem einzigen Take, der etwa drei Minuten dauerte, damit die Dynamik der Beziehung zwischen diesen beiden unterschiedlichen Persönlichkeiten zutage trat. Ich kam mir vor wie auf der Bühne beim Monolog. Fran gab ausgezeichnete Anweisungen, und wir beide fanden genau die richtigen Stellen, an denen sich der Ton während der Szene verändert. Nachdem wir mit der Haupteinstellung fertig waren, konzentrierten wir uns auf die jeweilige Entwicklung der beiden Persönlichkeiten. Gollum wird immer grausamer und Sméagol immer niedergeschlagener, bis zu dem entscheidenden Umkehrpunkt der Szene, wenn Gollum Sméagol als Mörder beschimpft; damit hat er es zu weit getrieben. Von da an wächst Sméagols Mut, und Gollum wird immer verzweifelter und verliert schließlich die Kontrolle. Sméagol ist frei, zumindest für den Augenblick.

Am folgenden Tag drehten wir dieselbe Szene auf der Mocap-Bühne. Es war die reinste Freude, daß nicht wieder ein Jahr zwischen Set und Mocap lag!

Von all den Gollum/Sméagol-Szenen in der Trilogie bin ich auf diese eine am meisten stolz.

Fran und Peter fanden, der Mord an Déagol sei so finster, daß es für das Publikum unmöglich wäre, überhaupt noch irgendwelche Sympathien für Sméagol zu hegen. Deshalb wollten sie einige Abschnitte der Kampfszene neu drehen, um ihn nicht so einseitig wirken zu lassen, so als ob auch Déagol leicht vom Ring hätte beeinflußt werden können und sein Anrecht darauf verteidigen würde.

Ich hatte darum gebeten, wenn möglich nicht wieder so einen kopfchirurgischen Kahlschnitt verpaßt zu bekommen, da ich ja in ein paar Wochen heiraten wollte, also war Gino so freundlich, mir eine Glatzenmaske anzufertigen, die unter der Perücke über den Haaransatz hinausging.

Ich freute mich, Thomas wiederzusehen. Als wir zum Drehort bei Shelly Bay kamen, war es fürchterlich windig. Fran führte Regie bei einer Einstellung, in der Sméagol und Déagol kämpfen, Déagol dann nach hinten fällt und sich den Kopf an einem Felsen einschlägt. Wir erkennen für einen kurzen Augenblick so etwas wie Reue auf Sméagols Gesicht, bevor die Macht des Rings überhandnimmt und er in dessen Bann gerät.

Für den Fall, daß es regnen sollte, hatte man ei-

Pick-Ups: Frodo, Sam, Gollum, Faramir - 13. Mai 2002

313.87 **Außen. Erstes Lager, Ithilien - Nacht (neue Szene)**

Es ist NACHT. FRODO und SAM schlafen. GOLLUM ist wach und aufgeregt. Er redet mit sich selbst.

SMÉAGOL: Was wollen sie in Mordor? Warum will der Herr dort hin?

GOLLUM: Wir wissen nicht … aber sie verbergen etwas vor uns, Schatz. Hinterhältige kleine Hobbits! Gemein! Raffiniert! Falsch!

SMÉAGOL: Nein …

GOLLUM: Ja, Schatz - falsch. Sie werden dich betrügen, dir wehtun! Lügen!

SMÉAGOL: Nein! Nicht der Herr.

GOLLUM: Herr!!! Herr mag dich nicht - Herr kümmert sich nicht!

SMÉAGOL: Doch! Er kümmert sich!

GOLLUM: Der Herr benutzt dich!

SMÉAGOL: Nein! Nein! Er ist mein Freund.

GOLLUM: (lacht) Du hast keine Freunde. Niemand mag dich …

SMÉAGOL: Nicht zuhören - nicht zuhören -

GOLLUM: Du bist ein Lügner und ein Dieb!

SMÉAGOL: Nein!!!!!!

GOLLUM: (leise) Mörder!

SMÉAGOL: Geh weg!

GOLLUM: (lästert) Geh weg … Ha! Ha! Ha!

SMÉAGOL: Ich hasse dich … Ich hasse dich …

GOLLUM: Du machst uns krank … wo wärst du ohne mich? Gollum, Gollum!

SMÉAGOL: Laß mich allein!

GOLLUM: Ich habe uns gerettet! Ich! Wir haben überlebt wegen mir!

SMÉAGOL SCHAUT AUF, NEUER TROTZ BLITZT IN SEINEN AUGEN AUF …

SMÉAGOL: Nicht mehr. Der Herr gibt jetzt auf uns acht.

GOLLUM: (leise drohend) Nein …

SMÉAGOL: (wütend flüsternd) Geh jetzt und komm nie wieder.

GOLLUM ZISCHT!!!!

SMÉAGOL: (weiter) (lauter) Geh jetzt und komm nie wieder!!!

GOLLUM KNURRT!!!!

SMÉAGOL: (weiter) (brüllt) Geh jetzt und komm nie wieder!!!!

SMÉAGOL BRICHT IN TRIUMPHIERENDES GELÄCHTER AUS. IMMER UND IMMER WIEDER BRÜLLT ER DIESEN EINEN SATZ …

SMÉAGOL: (weiter) (ekstatisch) Wir haben ihm gesagt, er soll gehen! Und weg ist er, Schatz!!! Weg ist er!!!! Weg! Weg! Weg! Sméagol ist frei!

nen riesigen durchsichtigen Baldachin aufgestellt. Wir kämpften in Wind und Regen, solange es ging, bis plötzlich eine Sturmbö den Baldachin erfaßte und den vorderen Teil des Kameralasters vom Boden hob, wo er befestigt worden war. Barrie beendete die Dreharbeiten. Es war zu gefährlich; wir würden am nächsten Morgen an einem Innenset weitermachen.

Ich saß am folgenden Morgen in meinem Make-up-Stuhl und bekam gerade meine Ohren angeklebt, als ich zu Peter gerufen wurde. Das war sehr ungewöhnlich, also ging ich hin. Peter sagte mir, daß Fran krank sei und an diesem Tag nicht arbeiten könne. Er bat mich darum, bei dieser Szene selbst Regie zu führen, zusammen mit dem Director of Photography, Richard Bluck, der einen Großteil der Gollum-Szenen gedreht hatte und sich um die Kamera kümmern sollte. Wir sollten ein paar Einstellungen drehen und dann die Aufnahmen auf einem tragbaren Videogerät zu Peter bringen, damit er sie sich anschauen konnte.

Über Nacht hatten Dan Hennah, Alan Lee und die Deko-Abteilung den gesamten Drehort ins Studio versetzt. Es war unglaublich. Man hatte den Eindruck, als hätten sie das ganze riesige Stück Land einfach genommen und in einem Stück wieder abgesetzt. Ich werde nie begreifen, wie die das machen.

Thomas und ich besprachen die Szene, und dann spielten wir den Augenblick durch, wo Sméagol und Déagol um den Ring kämpfen wie zwei Schuljungen auf dem Spielplatz, deren Streiterei ernst wird; beide verlieren die Kontrolle über sich und finden sich in einem Kampf um Leben und Tod wieder. Es schien zu funktionieren, außerdem verlieh diese Szene dem *Ring* eine größere Bedeutung. Es war eine wilde Szene, und wir beide waren voll dabei.

Es war eine ziemliche Herausforderung, gleichzeitig Regie zu führen und zu spielen, so etwas hatte ich noch nie zuvor gemacht, aber ich kannte die

Figur in der Zwischenzeit so gut, daß es keine Probleme gab.

Meine Lieblingseinstellung dabei ist der Augenblick, wenn Sméagol rennt und Déagol auf den Rücken springt. Sie stürzen, und der Ring fällt Déagol aus der Hand. Der riesige Ring liegt im Bildvordergrund, etwas weiter hinten ringen die beiden miteinander und ahnen nichts von der Macht, die sie treibt.

Die Arbeit der Animatoren an Gollum war phantastisch. Es war ungeheuer aufregend zu sehen, wie er sich in dieses unheimlich realistische, geradezu stoffliche Geschöpf verwandelte. Vor allem die Detailgenauigkeit der Augen war bemerkenswert. Sie waren so durchscheinend und spiegelten das Licht so täuschend echt wider, daß sie nun wirklich wie Fenster zur Seele wirkten. Haut, Zähne und selbst die Haare (die ihnen die ganze Zeit über Schwierigkeiten bereitet hatten, um sie auf natürliche Weise wehen zu lassen) sahen nun unglaublich realistisch aus. Auch was sie mit dem Rohmaterial meiner Darstellung auf dem Set und beim Motion Capturing gemacht hatten, war zu-

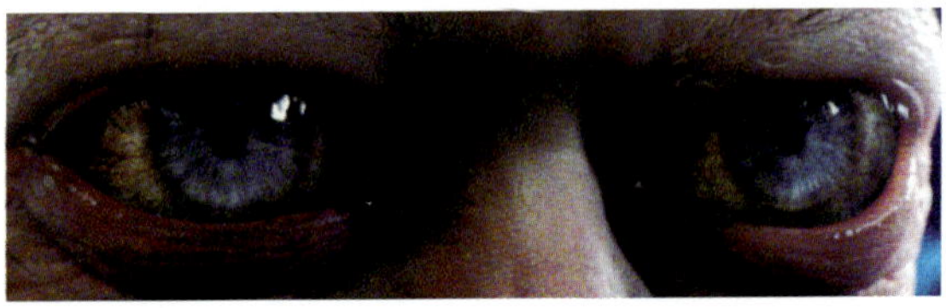

*Der entscheidende Augenblick für mich kam mit dem Motion Capture von Sméagol/Gollums Selbstgespräch. Andy brauchte nur den Kopf zu drehen und wechselte so vollständig die Persönlichkeit, daß wir zutiefst beeindruckt waren. Uns standen die Haare zu Berge! Das machte er mehrere Takes hintereinander scheinbar ohne große Mühe. Meiner Meinung nach werden Sméagol und Gollum nirgendwo sonst im Film so klar definiert wie hier. Zwar wurde die Mocap-Aufnahme am Ende nicht genommen, Peter entschied, für diese Szene die Animation einzusetzen, doch es war ein wunderbares Erlebnis.*

Mahria Sangster,
*Mocap Co-ordinator, S/G BIT*

*Was ich an Peter immer besonders schätzte, war seine Entschlossenheit, sich so lange an etwas festzubeißen, bis er wirklich zufrieden ist. Offenkundig hatte er das Problem, die gespaltene Persönlichkeit Gollums darzustellen, noch nicht zu seiner Zufriedenheit gelöst – bis er auf die Idee mit der Schizophrenie-Sequenz in* Die zwei Türme *kam. Diese Szene wirkt wie eine große Arie, und die Regie ist hervorragend – Gollum murmelt vor sich hin, doch so, wie es gedreht wurde, sieht man scheinbar zwei Figuren, die miteinander reden. Das ist nur eine Frage der Kameraposition, und Pete löste das so perfekt und eingängig, daß das Publikum es sofort kapierte.*

Randall William Cook, *Animation Design Supervisor*

tiefst inspirierend. Sie waren in der Lage, den Kern meiner Arbeit zu erfassen und so zu ergänzen, daß sie auf einer anderen Ebene erschien, und die darunter liegende Psychologie der Handlung wurde dank ihres ungeheuren Talents noch verstärkt. Die Zahl der Gollum-Einstellungen hatte dramatisch zugenommen, und doch stellten sich alle bravourös dieser Aufgabe. Wir ergänzten uns nun alle bestens.

Es näherte sich der Tag, an dem die erste richtige Einstellung mit Gollum fertig war. Es war unglaublich. Sie wurde zum neuen Maßstab, und alle waren ungeheuer aufgeregt. Beth hatte an der Einstellung mit Sméagol am Verbotenen Teich gearbeitet, am Augenblick der leisen Zweifel, als Frodo ihn ruft, und er für einen Moment spürt, daß etwas nicht stimmt, bevor er dann sagt: „Wir müssen gehen … jetzt?" Sie hatte es genau getroffen. Sie hatte unglaublich feine Nuancierungen in der Spannung wiedergegeben, die zwischen der Passivität seines Blicks und der leichten Unruhe seines Atemzugs liegt. Die Szene ist wunderbar gelungen und gehört zu meinen Lieblingsszenen im ganzen Film.

Dann rief mich Buck zu sich. „Andy, kannst du mal kurz kommen? Ich hab da diese Szene, und die möchte ich ganz gern von PJ und Fran absegnen lassen. Das ist die Stelle, wo du sagst: ‚Wieschenis', und Sméagol dabei ein wenig wippt, also, ich bin mir wirklich nicht sicher, was du da eigentlich machst."

*Wiescheni? Was zum Henker soll Wieschenis sein?* dachte ich nur. Ich hatte nicht die leiseste Ahnung, wovon er redete. Also schlenderte ich zu seinem Computer rüber, und er zeigte mir den Ausschnitt. Ich kriegte mich vor lauter Lachen kaum ein. Das ist ein gutes Beispiel für den Druck, unter dem die Animatoren arbeiteten. Die Szene war geschnitten worden, und Buck hatte ein Stück davon zu bearbeiten. Allerdings war dabei auch der Text zerschnitten worden. Sméagol singt in dem fraglichen Abschnitt vom Verbotenen Teich: „Fels und Naß, *wie schön ist das*." Der arme Buck hatte nur noch das

Stückchen ‚wie schön is', eine Stelle, die nur ein paar Sekunden dauert und bis zur völligen Unkenntlichkeit aus dem Zusammenhang gerissen war.

Motion Capturing und die Arbeit mit den Animatoren für *Die zwei Türme* ging zu Ende, doch nun stand noch die Aufnahme der endgültigen Tonspur an. Die Situation war recht bizarr, denn in jeder Szene gab es Einstellungen, die sich in unterschiedlichen Entwicklungsstadien befanden. Es war nicht möglich, sich einen vollständigen Film anzuschauen und den Text dazu zu sprechen. Auf

*Andy Serkis ist nicht nur ein sehr guter Schauspieler, er ist zudem noch Bergsteiger, sehr körperbetont und sehr aktiv. Wir bemühten uns, ihn als Grundlage aller Bewegungsabläufe zu nehmen und dann die Kunst der Digitalanimatoren einzusetzen, die dann daraus eine Art Ensemble-Figur schufen. Ich versuchte auch, sie dazu zu bewegen, sich andere Aspekte von Gollum anzuschauen: Die ganzen Shakespeare-Inszenierungen von Lawrence Olivier und Orson Welles, ich besorgte sogar ein paar Szenen von John Barrymore als Richard III. Ich wollte ihnen wahrhafte Schauspielkunst zeigen, menschliche Wesen, denn genau das sollten sie ja nachahmen. Ich ging auch ein wenig Bühnenetikette mit ihnen durch, also Dinge, die Gollum nicht machen durfte – so im Bild stehen, daß die anderen dem Publikum den Rücken kehren mußten, oder sich an der Nase zupfen, während Frodo etwas Wichtiges sagt – das ist einfach nicht sehr höflich dem Mitspieler gegenüber.*

*Ich habe versucht, so etwas wie einen Schauspieler im Computer zu erschaffen. Das war nicht ganz einfach, weil Gollum doch ein Gemeinschaftswerk mehrerer Leute war, die alle aus unterschiedlichen Blickwinkeln und Motivationen arbeiteten; aber wir hatten alle ein Ziel vor Augen, und ich glaube, das haben wir auch erreicht. Die körperlichen Verrenkungen, die Andy anstellte, um Gollum auf der Bühne wiederzugeben, übertrugen sich nicht notwendigerweise im gleichen Maß auf den digitalen Gollum. Im Endeffekt mußten wir eine Möglichkeit finden, die Essenz von Andys Arbeit zu übertragen – es gab ja auch Augenblicke, in denen Andy eben nicht mit dem Kopf voran eine Felswand hinunterklettern, quer durchs Zimmer springen oder sonstige Aktionen übernehmen konnte, die Gollum machen sollte –, also dachten wir darüber nach, wie wir wohl die Lücke füllen könnten, nachdem Andy uns den Anfang und das Ende einer Bewegung gegeben hatte.*

Randall William Cook, *Animation Design Supervisor*

der Leinwand tauchten ein paar Bilder von mir auf dem Set auf, dann ein paar Bilder Mocap, dann wieder ein paar Bilder eines nur als Gerüst erkennbaren Gollum, über meine eigene Darstellung gelegt, und dann ein paar Bilder eines fertigen, ausgeleuchteten Gollum. Es war sehr irritierend, dabei waren das die einfachen Szenen – es kamen ja noch all die Verwandlungen von Gollum *und* Sméagol! Irgendwann lief uns die Zeit davon, und wir arbeiteten in London weiter, als Peter und Fran nach England kamen, um mit Howard die Filmmusik aufzunehmen. Das Ganze blieb bis zum Schluß offen.

## 22. Juli 2002

Lorraine und ich heirateten in einer romanischen Kirche aus dem 12. Jahrhundert, 20 Kilometer südlich von Florenz, und die Feier fand in einer Burg in der Nähe von Fiesole statt, in den Hügeln der Toskana. Mehr als 100 Verwandte und Freunde waren dabei, und wir wohnten alle in Häusern in der Nähe von Greve, in der Region Chianti. Die Party dauerte tagelang. Unsere Erwartungen wurden mehr als übertroffen.

Hätte das Feiern doch nie ein Ende gehabt! Unsere Flitterwochen fanden passenderweise im

*Als ich bei Weta Digital zu arbeiten begann, beschränkte sich meine Tätigkeit auf die Figurenkontrolle, also die Technik, die es den Animatoren erlaubt, Figuren zu verändern. Man könnte es mit dem Bau einer Marionette vergleichen – im Computer werden Kontrollpunkte angelegt, die es ermöglichen, Arme, Handgelenke, Beine, Hüften, usw. zu nehmen und in eine andere Haltung zu biegen. Gollum galt unsere ganze Aufmerksamkeit, dadurch erzielten wir ein äußerst hohes Maß an Kontrolle, das wir dann auf andere Geschöpfe ausdehnen konnten (Balrog, Höhlentroll, digitale Doubles usw).*

*Ich mochte meine Arbeit wirklich, aber mein Ziel war es, auch zu animieren. Ich schaute Randy Cook zu, wie er den Höhlentroll testete, herumrennen und mit den Armen rudern ließ, und ich dachte nur noch* Ichwillauchichwillauchichwillauch! *Bei der Arbeit an Gollum erschien mir die beste Möglichkeit, die Kontrollpunkte zu überprüfen, bestünde darin, etwas zu animieren. Also kam ich eines Samstags zur Arbeit, holte mir einen große Tasse Kaffee und versuchte es. Am Ende hatte ich eine schnelle Animation zusammen, wie Gollum auf ein Modell von Gandalf springt, ihm den Kopf abreißt, den Kopf zu Boden schleudert und dann auf den abgetrennten Schädel springt und mit ihm aus dem Bild rollt. Am Montag zeigte ich Randy die Animation, und ich war mir nicht sicher, wie er reagieren würde. Er schaute es sich ein paarmal an und sagte dann (und das werde ich nie vergessen): „Also, willst du an diesem Film mitanimieren?" Ich glaube, ich bekam nur noch ein piepsiges „Ja" heraus.*

*Jason Schleifer,* Creature Designer, Weta Digital

Probenraum des Royal Exchange Theatre in Manchester statt, wo wir uns 13 Jahre zuvor kennenlernten und wo wir mit den Proben zu *Othello* anfangen sollten. Ich sollte Jago spielen und Lorraine seine Frau Emilia. Jago und Gollum gleichzeitig zu spielen, ist schlecht für die geistige Gesundheit. Man ist ununterbrochen von Haß erfüllt. Ich fing an, alle möglichen Vergleiche zwischen den beiden Figuren anzustellen. Es gibt unzählige Theorien zu Jagos Motiven, aber ich glaubte, er war mal ein guter Soldat, ein toller Kumpel, den man gern um sich hatte, der sich nun aber betrogen fühlt, neidisch auf seinen Freund wird, es ihm versauen will, es genießt, ihm Schmerz zuzufügen, und sich willentlich dazu entschließt, all seine Energie in die Vernichtung dieses Menschen zu stecken, und er wird ganz süchtig nach der Macht, die er über Othello hat. Ich wollte Jago nicht als einen Menschen darstellen, der von Anfang an Böses will. Er ist kein Teufel. Er ist wie Sie oder ich, wenn wir neidisch und eifersüchtig sind und unsere Gefühle nicht unter Kontrolle haben. Wir träumen davon, jemanden umzubringen, aber wir tun es nicht. Jago kann nicht anders, und genau wie Gollum löst er beim Publikum Sympathie aus, das nicht anders kann, als ihn gern zu haben, obwohl es weiß, daß es ihn hassen sollte. Jago schafft es, das Publikum mit seinen Ränken so in Bann zu ziehen, daß es ihm schon beinahe wünscht, Erfolg damit zu haben. Das Publikum wird gezwungen, die eigenen Moralvorstellungen in Frage zu stellen.

Jago ist die größte Rolle im gesamten Kanon Shakespeares. Der Druck war hoch. Aber auch die letzten Tonaufnahmen für Gollum mußten fertig werden, Höhepunkt all der Arbeit, die ich bisher geleistet hatte, und so fuhr ich während der Proben jedes Wochenende von Manchester nach London, um Gollum aufzunehmen. Ich hatte das Gefühl, mir platze gleich der Schädel, vor allem bei der letzten Session in den Pinewood Studios, wo wir wie verrückt 14 Stunden lang Gollum aufnahmen, weil wir keine Zeit mehr hatten; und danach ging es auf direktem Wege nach Manchester. Ich dachte schon, ich würde das nie schaffen.

Die Proben wurden immer intensiver, und die Beziehung zwischen Othello und Jago immer elektrisierender. Als wir kurz vor der Premiere standen und ich die Rolle wirklich zu genießen begann, hatte ich Pech und verletzte mich am Rücken. Ich versuchte mir selbst vorzumachen, daß es nichts Ernstes sei, so erpicht war ich darauf, bei der Premiere mitzuspielen. Ich nahm Schmerzmittel und machte weiter. Die Mittel wirkten, die Premiere fand statt, und die Kritiken waren sehr gut.

Ich schaffte es noch 40 Aufführungen lang, doch es wurde immer schwieriger, die Schmerzen zu unterdrücken, bis ich bei einer Matinee vor 750 Zuschauern in Ohnmacht fiel. Ich wußte, ich war in Schwierigkeiten. Es brach mir das Herz, die Produktion einfach so zu verlassen, es war für alle sehr traumatisch, und ich lag drei Wochen flach und konnte keinen einzigen Muskel bewegen. Rückenprobleme sind ein Albtraum. Es gibt noch mehr Theorien über Rückenschmerzen als über Jagos Motive, doch am Ende erlösten mich zwei Personen, ein Akupunkteur namens Joshua Enkin und ein Physiotherapeut namens Kevin Lidlow. Ohne die beiden wäre ich niemals in der Lage gewesen, zur Weltpremiere von *Die zwei Türme* nach New York zu fliegen.

KAPITEL ZWÖLF

# *Die zwei Türme*

In den Wochen vor der Premiere wachte ich jede Nacht auf vor lauter Sorge, ich war völlig überdreht und spielte die Szenen im Kopf immer und immer wieder durch. Ich machte mir Sorgen um Gollum.

*Ich habe ein Gefühl wie am ersten Schultag meines Kindes, und ich stehe am Tor und winke und schaue zu, wie es in der Menge der anderen verschwindet.*

Das Flugzeug landete in New York, und man fuhr mich direkt in ein Privatkino, wo ich *Die zwei Türme* zum erstenmal sehen sollte. Es war toll, Mark Ordesky wieder zu sehen, der (zusammen mit Barrie, Peter, Fran und allen anderen) gerade ein überaus anstrengendes Jahr hinter sich gebracht hatte. Sein Lächeln schien zu sagen: „Tja, wir haben es geschafft, keine Ahnung wie, aber geschafft haben wir es!" Auch andere Kollegen, die den Film noch nicht gesehen hatten, Bernard Hill (Théoden), Miranda Otto (Éowyn) und Karl Urban (Éomer), waren anwesend.

Das Licht ging aus, mein Herz raste, die Augen brannten mir, und ich dachte wirklich, mir würde schlecht. Ich kam mir vor wie bei einem Autounfall, wo alles gaanz laangsam abläuft. Jedes einzelne Bild flackerte vor meinen Augen vorbei, jede einzelne vierundzwanzigstel Sekunde, die Gollum auf der Leinwand zu sehen war, ich kam mir genauso nackt vor wie er … und plötzlich waren die drei Stunden vorbei!

Ich hatte keine Ahnung, was eigentlich los war. Ich meine, der ganze Film hatte mich völlig umgehauen, aber wie war Gollum? Ich wollte den Film auf der Stelle noch mal sehen, aber ich mußte noch ein paar Tage bis zur Premiere warten. Erst einmal stellten wir uns der Presse.

Während in den Tagen vor der Premiere die Spannung immer weiter wuchs, bauten sich noch andere Spannungen in der Welt auf – die Vorbereitungen zum Krieg im Irak, ein Krieg gegen den Terrorismus. Einige der Presseleute, die *Die zwei Türme* gesehen hatten, sahen Analogien zwischen dem Film und den Weltereignissen. Wir Schauspieler hatten dazu alle verschiedene Meinungen. Ich persönlich glaube, daß Tolkien eine vielschichtige universelle Geschichte geschrieben und Peter Jackson daraus einen vielschichtigen universellen Film gemacht hatte. Das Publikum wird sich je nach eigener Weltanschauung aus der Geschichte bedienen, aber die Düsternis in dem Film sprach mich besonders an.

Ich habe ja schon für viele Filme Pressearbeit gemacht, aber nichts davon konnte mich auch nur im geringsten auf die unglaubliche Zahl an Journalisten aus allen Medien vorbereiten, die gekommen waren, um zu analysieren und zu berichten. Glücklicherweise bekam ich dabei viel Hilfe von Marcel Pariseau, meinem frisch angeheuerten Pressemenschen, der mir zeigte, wo's langging. Tagelang sitzt man in einem Hotelzimmer in einem Sessel vor dem Hintergrund des Filmplakats, Scheinwerfer und Kameras sind auf einen gerichtet, und man beantwortet im Drei-Minuten-Takt die Fragen von 70 Fernsehreportern pro Tag. IMMER DIESELBEN FRAGEN! *Und ewig grüßt das Murmeltier.*

Gollum hatte bei den Pressevorführungen ziemlichen Eindruck gemacht, und die Journalisten redeten über ‚seine' Darbietung, als sei er real und keine Computerfigur. Wenn sie dann zu den Interviews zu mir kamen, waren sie ganz fasziniert zu hören, wie alles zustande gekommen war. Sie waren nicht sicher, ob er nun animiert war oder ich ein Schauspieler mit Maske. Sie wußten nur, daß

ich irgendwie damit zu tun hatte. Zu Anfang machte mir die Interviews schon Mühe, weil ich so viele Informationen in so kurze Zeit packen mußte. Es war weit schwieriger, als über eine Rolle zu reden, die ich gerade gespielt hatte. Hier ein Beispiel dafür, wie die ersten Interviews abliefen:

Reporter: *Also Sie sind die Stimme von Gollum, richtig?*

Andy: *Ähm, ja, aber nicht nur die Sti–*

Reporter: *Aber die Stimme ist doch nachträglich verändert worden, oder nicht? Sie klingen überhaupt nicht wie er.*

Andy: *Also, eigentlich nicht, aber kann ich noch mal auf Ihre erste Frage zurückkommen, ähm, ich habe auch die Bewegungen gemacht, weil wir erst alles am Drehort aufgezeichnet haben und dann –*

Reporter (erstaunt): *Wollen Sie damit sagen, Sie sind dafür extra nach Neuseeland geflogen?*

Andy (mit Mordlust in der Stimme): *Ja! Und ich habe die Szenen während der Hauptdreharbeiten zuerst mit Elijah und Sean gespielt, damit –*

Reporter: *Erstaunlich! Wow, und ich dachte, Sie hätten einfach nur in einem Studio in London die Stimme über die Animation gelegt und –*

Andy: *Nein, nein, ich habe Gollum am Set gespielt. Sie wissen schon, rumkriechen, sprechen, mit Elijah und Sean spielen.*

Reporter: *Okay, Sie sind also als Ersatzmann eingesprungen, und war das hilfreich für Elijah und Sean?*

Und dabei hatte ich noch gar nicht angefangen, auf die feinen Unterschiede zwischen Motion Capture, Rotoskopie, Key-Frame-Animation und all den anderen technischen Abläufen hinzuweisen; dazu noch die Zusammenarbeit mit all den Leuten, die damit beschäftigt gewesen waren, Gollum zum Leben zu erwecken. Es war ziemlich stressig, derart großem Medieninteresse ausgesetzt zu sein, und ich war heilfroh, als endlich Premiere war und das Publikum sich selbst ein Bild machen konnte.

Es war ein toller Abend. Lorraine war extra angereist, zusammen mit meinen engen Freunden Bev, Jo und Lee. Es war einfach großartig, sie

dabei zu haben, und wir kicherten vor uns hin, daß wir alle da in dieser Stretchlimousine saßen und durch das schneebedeckte New York zu Weltpremiere von *Der Herr der Ringe: Die zwei Türme* fuhren.

Plötzlich ging die Tür auf, wir waren am Kino angekommen. Wir stiegen aus und standen auf dem roten Teppich, der voller Fotografen und Fernsehteams war, und ich dachte: *Niemand wird mich erkennen, weil Gollum doch nur eine Computerfigur ist, klein und kahl, und, mal ehrlich, total häßlich, na ja* … Doch kaum war ich ausgestiegen, riefen ein paar *Ringe*-Fans: „ANDY!" Ich konnte die Fotografen denken sehen: *Wer ist das denn?* Dann verkündete Marcel: „Das ist Andy Serkis, der Gollum spielt." Die Blitzlichter flammten auf, und das Ganze wirkte völlig surreal, so als ob ich in einem sehr merkwürdigen Film einen Schauspieler spielte, der zum Premierenabend geht.

Im Saal gingen die Lichter aus, und Peter trat zum zweitenmal innerhalb eines Jahres ins Bühnenspotlight. Der Applaus war ohrenbetäubend. Er stellte Schauspieler und Mitarbeiter vor, und wir gingen einer nach dem anderen zu ihm hinauf. Als

der Vorspann losging und die Erkennungsmelodie einsetzte, spürte ich, wie mir die Haare im Nacken zu Berge standen. Das Publikum applaudierte, das Warten hatte ein Ende, und der Film begann …

Ich war natürlich besonders sensibilisiert, was jeden einzelnen Auftritt von Gollum anging, vor allem, weil Lorraine meine Hand so fest umklammerte, daß mir die Abdrücke ihrer Fingernägel seitdem unauslöschlich in die Haut gegraben sind. Doch als wir zu der ersten großen Schizophrenen-Szene kamen, in der Sméagol Gollum verbannt, ging die Reaktion des Publikums langsam von Lachen zu einem wirklich spürbaren Mitgefühl über, und man hätte eine Stecknadel fallen hören können. Das war Gollums entscheidender Augenblick: All die vielen tausend Stunden an kreativer Energie, die in Arbeit eingeflossen waren, um Gollum realistisch wirken zu lassen, hatten sich gelohnt.

Danach flog ich noch zu den Premieren in Paris, London und Wellington, wo dank Weta Workshop ein riesiger Gollum das Embassy Theatre beherrschte. Ich war geplättet!

## Ist Gollum oscarwürdig?

Daß die Darstellung von Schauspielern über die reine Stimme hinaus bei der Animation verwendet wird, ist nichts Neues. Das ist so alt wie Hollywood. Disneys Animatoren hatten buchstäblich die Schauspieler übermalt, um ihren Figuren so größere Realität zu verleihen. Hans Conried, der Schauspieler, der Captain Hook in *Peter Pan* spielte, war für die gesamte Rolle kostümiert, um eine Referenzaufnahme zu liefern; genauso Adriana Caselotti, die Schauspielerin, die Schneewittchen spielte. In *Falsches Spiel mit Roger Rabbit* hatte Bob Hoskins einen Schauspieler im Hasenkostüm am Drehort bei sich, um besser spielen zu können, und in den letzten *Star Wars*-Filmen war Ahmed Best, der Jar-Jar Binks spielte, zusammen mit Ewan McGregor und Liam Neeson am Set.

Was wir gemeinsam erreicht hatten, war aber etwas anderes: Wir hatten eine große Gestalt der Literatur genommen, sie von großen Drehbuchautoren bearbeiten lassen, hatten dann die Emotionen, die Körperlichkeit und die Stimme einer schauspielerischen Darbietung genommen, die sich ganz organisch im Zusammenspiel mit anderen Schauspielern am Drehort entwickelt hatte, und hatten all dies durch eine Reihe von Animationstechniken und Motion Capture künstlich erzeugt. All das wurde dann in eine Haut gesteckt, die so real erschien, daß man glaubte, sie berühren zu können, und dann so akkurat ausgeleuchtet und wieder in die ursprüngliche Szene hineingerechnet, daß dieses gräßlich anzuschauende Wesen unzweifelhaft existierte. Das Publikum konnte sich mit ihm verbunden fühlen, statt nur die technische Trickserei zu bewundern.

Ich wurde von New Line Cinema gebeten, nach Weihnachten nach Los Angeles zu kommen, um sie bei dem Versuch zu unterstützen, eine Oscar-Nominierung für die beste Nebenrolle zu bekommen. Als ich dort eintraf, begann ich sofort mit einer ganzen Reihe von Interviews für Satellitenfernsehen, Radio und Printmedien.

Dabei stellte sich die Notwendigkeit heraus, eine Analogie für die Beziehung Schauspieler/Digital/Animation zu finden, um ganz prägnant zu erklären, wie Gollum erschaffen worden war. Ich hatte auf die Tatsache verwiesen, daß Gollum zu spielen sich in schauspielerischer Hinsicht nicht von, sagen wir, John Rhys Davies in der Rolle des Gimli unterscheidet: Er trägt eine Verkleidung, die von einem Künstlerteam entworfen wurde, und ist daher überhaupt nicht wiederzuerkennen, aber die Figur wird vollkommen von einem Schauspieler geführt. Als die Rede auf eine mögliche Nominierung kam, fiel auch der Hinweis auf John Hurt, der als bester Nebendarsteller in *Der Elefantenmann* nominiert worden war, ein gutes Beispiel für die Leistung eines Schauspielers, die durch ein Team aus Make-up-Künstlern und Maskenbildnern noch hervorgehoben wurde.

Dies führte zu einer erregten Debatte in Hollywood und den anderen Film- und Animationshochburgen weltweit. Schon bald begannen Kritiker zu fragen, wo denn die Schauspielerei ende

und die ‚Hervorhebung' beginne? Das war der Fehdehandschuh, den so manches Preiskomitee nun aufheben mußte, wollten sie diese neue Art von Mischform in der Schauspielerei bewerten.

Peter und Weta Digital schnitten zusammen mit New Line einen erstaunlichen Kurzfilm, in dem sie die Synthese aus Darbietung und Animation zeigten: mein Gesicht und das Gollums nebeneinander in der zentralen Schizophrenie-Szene. Und dieser Film erwies sich als erheblich effektiver als all meine vielen Erklärungsversuche.

Ich hatte noch mehrere öffentliche Auftritte im Arclight Cinema auf dem Hollywood Boulevard und verbrachte einen anregenden Abend mit Mitgliedern der Screen Actors Guild. Sie machten sich Sorgen. Nachdem nun bewiesen war, daß eine vom Computer errechnete Figur auch emotional in einem mit ansonsten lebenden Schauspielern besetzten Film agieren konnte, befürchteten sie, daß hier ein Präzedenzfall geschaffen worden sei – Schauspieler würden auf lange Sicht überflüssig werden. Ich versuchte ihre Befürchtungen zu entkräften und erklärte, daß wir tatsächlich erheblich mehr Stunden schauspielerischer Leistung für Gollum gebraucht hätten als für jede andere konventionelle Leinwandfigur.

In der Zwischenzeit fand Gollum seinen eigenen Weg ins öffentliche Leben. Die Leute gingen herum und sagten, dies und jenes sei ‚Schatz'! In der Pause des Football-Superbowls gab es einen phantastischen *Saturday Night Live*-Ulk, in dem Gollum/Sméagol über das mögliche Endergebnis spekulieren, und er tauchte sogar kurz in einer Folge der *Simpsons* auf.

Es war wieder die Zeit der Filmpreise, und das Visual-Effects-Team wurde von vielen Preiskomitees ganz zu Recht für seine erstaunliche Arbeit an *Die zwei Türme* ausgezeichnet, darunter auch von der BAFTA; und dann war der Augenblick der Oscarverleihung gekommen, und Lorraine und ich nahmen daran teil.

Wir waren sehr froh, als der Film zwei von den sechs Nominierungen gewinnen konnte, für die besten visuellen Effekte und für den besten Sound.

*Ich hatte keine Ahnung, daß wir an solch einem Star arbeiteten. Wenn ich gewußt hätte, daß Gollum derart viel Applaus bekommen würde, dann wäre die Aufgabe, ihn zum Leben zu erwecken, wohl noch viel schwieriger gewesen. Es bietet sich nur selten die Gelegenheit, an einer Figur zu arbeiten, die auf der einen Seite jämmerlich und durchgeknallt, andererseits aber auch wirklich verdreht und rachsüchtig ist. Er ist ein faszinierendes Beispiel dafür, wie ein Mensch von seiner eigenen dunklen Seite übermannt werden kann.*

*Bis jetzt habe ich am häufigsten zu hören bekommen: „Macht ihn doch noch leidenschaftlicher!" Dabei waren wir schon bis zum Äußersten gegangen. Erst nachdem ich ihn in ganzer Lebensgröße auf der Leinwand gesehen habe, konnte ich begreifen, warum wir bei Gollum sowohl die Bedrohung als auch den Charme in den Vordergrund bringen mußten.*

Mike Stevens, *Creature Designer, Weta Digital*

KAPITEL DREIZEHN

# *Die Rückkehr des Königs*

Nach der Pressekampagne für *Die zwei Türme* war ich im April 2003 eine Woche lang zu Hause, dann saß ich schon wieder im Flugzeug nach Neuseeland. Der 28stündige Flug war nur noch ein Klacks, der Zwischenstopp in Bangkok allerdings ein wenig verwirrend. Während des Auftankens steigt man aus dem Flieger, streckt wie wild den dehydrierten Körper, um sich vor einer Thrombose zu schützen, und sieht sich auf einmal unheimlich vielen Menschen gegenüber, die eine Atemmaske tragen – praktisch jeder im Flughafen –, um sich vor SARS zu schützen. Ich bekam durchaus etwas Panik, und ich versuchte, eine Stunde lang die Luft anzuhalten, bevor ich wieder ins Flugzeug stürzte.

Ich zog mein altes, zerlesenes Exemplar des *Herrn der Ringe* aus der Tasche, um noch einmal das Kapitel über Cirith Ungol zu lesen, und plötzlich tippte mir eine der Flugbegleiterinnen auf die Schulter.

„Haben Sie die Filme gesehen?" fragte sie und reichte mir ein heißes Tuch. Ich widerstand der Versuchung aufzuspringen, auf allen vieren herumzukriechen und „Ja, Schatz!" zu krächzen und nickte nur höflich. Sie beugte sich vor und prahlte leise: „Sie werden nicht glauben, wer gerade erst mit uns geflogen ist."

„Wer denn?" fragte ich. Sie flüsterte verführerisch: ‚Der Gutaussehende mit den langen blonden Haaren' … wie heißt er noch gleich?" Ich zuckte unschuldig mit den Schultern.

In Wellington zu landen war wie einen alten Freund zu sehen, und ich war schon ganz aufgeregt bei dem Gedanken, ‚die Familie' wieder zu treffen und am letzten Teil von Gollums Schicksal zu arbeiten. Janine holte mich ab und fuhr mich in

die Stone Street Studios, wo sie bereits mit Dreharbeiten mit ‚dem blonden Gutaussehenden' begonnen hatten, und es war einfach unglaublich, wie ich da während des Takes durch die Kulissen schlich. Man hatte den Eindruck, niemand habe sich auch nur einen Millimeter von dem Platz weggerührt, auf dem er letztes Jahr gestanden hatte, wie die Standbilder von Narnia. Während die Kameras liefen, gab es eine Menge lautloser Umarmungen, Küsse und Begrüßungen.

Und dann sah ich Billy und Katie Jackson auf dem Regiestuhl ihres Vaters sitzen. Sie wirkten so erwachsen. Da ging mir erst schlagartig auf, wie lange diese ganze Sache nun schon dauerte. Pete rief: „Schnitt", wir umarmten uns und versuchten uns daran zu erinnern, wie alt unsere Kinder waren, als dies alles begann. „Wie alt ist Ruby jetzt?" – „Fast fünf, und Sonny ist fast drei, und er war damals noch gar nicht geboren …"

Dann konnte ich mich einen Tag lang erholen und alle Leute bei Weta begrüßen, und ich traf die Animatoren wieder und staunte über die coolen Sachen, die sie sich für *Die Rückkehr des Königs* ausdachten. Ein paar tolle Gollum-Einstellungen waren ebenfalls schon in Arbeit, vor allem Gollum, der das Schicksal der Hobbits mit Kankra besiegeln will, wobei sich die Szene in einem Teich spiegelt. Gino hatte sich ein paar unglaubliche Farbmuster für Kankra ausgedacht und auch für das Outfit von Gollum bei der letzten Szene am Schicksalsberg: vom Leben in einer derart feindlichen Umgebung vollkommen zerfetzt und abgewetzt.

Freitag, der 11. April, sollte einer dieser entscheidenden Stationen auf Gollums Reise sein. Ich ging zu Petes Haus, um dort mit Fran und Philippa am Skript zu arbeiten. Es war toll, sie nach so langer Zeit wiederzusehen, und wir erzählten uns, was so alles passiert war seit den Tonaufnahmen letzten Sommer in den Pinewood Studios. Was sie für mich und Gollum auf Lager hatten, haute mich völlig um. Da begriff ich wieder einmal, was für unglaublich abenteuerlustige und furchtlose Drehbuchautoren sie waren.

Fran machte den Vorschlag, statt zu wiederholen, was wir in *Die zwei Türme* entwickelt hatten – Gollum als die böse dunkle Seite, der Überlebende, voller Haß und Rache, und den wiedererwachenden Sméagol als Lichtschein seiner Seele, das mißbrauchte Kind, das Opfer, das Frodo wirklich vertraut, und die Seite, mit der wir alle Mitleid hatten –, sollten wir lieber alles auf den Kopf stellen, so daß Sméagol in Wahrheit der kalt berechnende, passiv-aggressive Psychopath ist, der nur so tut, als sei er das Opfer, um so ans Ziel zu kommen. Im Vergleich dazu würde Gollum weniger gefährlich wirken, weil seine Leidenschaft, Lust und Aggression wirklich heißblütige Gefühle sind. Mir schwindelte der Kopf bei dieser Idee, aber ich wußte instinktiv, daß dies der richtige Ansatz war, damit die Figur tiefer wirkte und die Zuschauer auf eine sehr vielschichtige Reise mitnehmen könnte.

Meine einzige Sorge war wohl nur, daß dies meine bisherige Weltsicht auf den Kopf stellte. Ich hatte Gollum als jemanden gespielt, der letzten Endes ein Suchtkranker ist, ganz gleich, was er getan hatte, und nur deshalb Mitgefühl bekommen konnte, weil er Opfer einer großen Macht geworden war, gegen die er hilflos war. Die Botschaft ans Publikum war Gandalfs Mahnung: „Sei behutsam in deinem Urteil." Nun sahen wir uns einer Figur gegenüber, die einfach böse und jenseits jeder Erlösung ist. Mein Hirn war wie ausgebrannt, und trotz des Jetlags konnte ich nicht schlafen, weil mir alle möglichen Gedanken nur so durch den Kopf schossen.

Am Samstagmorgen ging ich zum Motion Capturing, um die neue Gollum-‚Charakterstudie' auszuprobieren, die neue Software, die das Aussehen der Computerfigur auf den neuesten Stand gebracht hatte, und um mich auf die Aufnahmen am Montag vorzubereiten. Es war erstaunlich zu sehen, wie sich der Ort verändert hatte. Es gab jetzt sogar ein richtiges Dach, was bedeutete, daß die Reihen von Computern nicht jedes Mal mit Schirmen geschützt werden mußten, wenn es regnete. Und es gab jetzt 52 Kameras, fast doppelt so

viele wie zuvor, die einen größeren Bereich mit höherer Auflösung ermöglichten und die Bewegungen noch genauer erfaßten. Es war toll, all die Leute wiederzusehen – Lisa, Frank und Moggey waren da, um mich zu begrüßen, und auch der neue Mocap-Berater David Brawl.

Und da hing es, bereit zur Arbeit, mein wunderschönes blaues Lycra-Trikot. Kaum hatte ich es übergestreift, wurde mir klar, wie sehr ich es vermißt hatte. Glauben Sie es mir, es war … ein sehr gefühlvoller Augenblick. (Am Abend zuvor war Orlando Blooms letzte Aufnahme beendet worden, und alle hatten ihm einen Wahnsinnsabschied bereitet, die Stunties führten den *haka* auf, und Pete überreichte ihm Legola's Bogen als besonderes Erinnerungsstück an seine Zeit bei den Filmen. Hinterher kam Pete zu mir und sagte: „Wenn du deine letzte Aufnahme im Kasten hast, Andy, werde ich dir natürlich das blaue Trikot schenken müssen.")

Als ich dann auf der Mocap-Bühne stand, die vertraute Pose einnahm und Moggey sein Okay geben hörte, dachte ich: *Auf geht's,* und ich ging auf allen vieren und tauchte in Gollums Kopf und Körper ein, als hätte ich ihn nie verlassen.

Wegen der Unterschiede im Körperbau gab es noch verschiedene Einstellungsveränderungen vorzunehmen. Einer davon hatte immer ein Problem dargestellt, und dieses Mal wollten wir es wirklich lösen – wenn ich mit der Hand übers Gesicht fuhr, sah man auf der Leinwand, wie Gollums Hand durch seinen Kopf gleitet. Die Abstände zwischen Kopf und Hand stimmten nicht überein, und deshalb mußte ich das immer ausgleichen, indem ich mir vorstellte, mit der Hand übers Gesicht zu fahren, obwohl der Abstand in Wahrheit etwa 15 Zentimeter betrug. Wenn ich spiele, will ich aber nicht auch noch daran denken müssen, und deshalb hatten David und Moggey eine ganze

*Gleich zu Anfang der Drehbuchkonzeption wußten wir, daß Gollum entweder eine Computerfigur, eine Puppe oder eine Mischung aus beidem sein mußte. Bis zu Andys Ankunft glaubten wir nicht daran, daß ein Schauspieler die Rolle übernehmen könnte. Nachdem wir ihn aber dabei beobachtet hatten, wie er Gollum eine Stimme gab, mußten wir einräumen, daß wir uns getäuscht hatten: Er war einfach gut. Doch selbst Andy mit all seinem Können konnte die ganze Körperlichkeit Gollums nicht nachahmen. Letzten Endes ist es einem Menschen nicht möglich, sich wie Gollum, dieses dürre Geschöpf, zu bewegen. Andy war einfach zu gesund dafür. Als wir ihn aber mit dem Make-up für die Sméagol/Déagol-Szene sahen, wußten wir, daß er etwas geschaffen hatte, das einen großen Teil dessen transportieren könnte, was wir wollten. Diese Szene gibt es zwar auch im Buch, doch die Entscheidung, sie zu einer der wichtigen Szenen des letzten Films zu machen, war das direkte Ergebnis von Andys Arbeit.*

*Fran Walsh,* Co-Autorin

Weile damit verbracht, die Wölbung der Wirbelsäule an dem Gollum-Modell zu verändern, damit seine Handbewegung zu meiner paßte.

Am Montag drehten wir die Cirith-Ungol-Szene, in der Gollum damit beginnt, Frodo gegen Sam aufzuhetzen, und er arbeitet mit allen Tricks, um ihn davon zu überzeugen, daß Sam überhaupt nicht kapiert, was es heißt, den Ring zu tragen, und daß Sméagol allein seinen Herrn behüten wird. Das Ganze war eine ungeheure technische Herausforderung, und ich brauchte eine ganze Weile, um wieder in Schwung zu kommen.

Fran und Philippa haben eine großartige Szene für die Rückblende geschrieben, in der Sméagol Déagol wegen des Rings tötet. Sméagol ist ganz zu dem gerissenen, selbstgewissen Kind geworden, das von Gollum kontrolliert werden muß. Die Sucht nach dem Ring verhindert jeglichen Widerstand, aber Sméagol hat noch ein Geheimnis, das er sorgsam hütet. Wir drehten 22 Varianten dieser Szene, gingen alle Möglichkeiten durch und betrachteten vor allem die verschiedenen Ebenen des zutiefst tragischen Selbstmitleids im Vergleich zu dem komödiantischen Potential Gollums, wenn er versucht, Sméagol dazu zu bringen, sich auf die Aufgabe zu konzentrieren, die Hobbits zu Kankra zu führen.

### Gollums letzter Augenblick

Es war einer der schwierigsten Drehtage überhaupt. Wir drehten die Szene, in der Gollum in die Schicksalskluft stürzt, nachdem er endlich an den Ring gekommen ist. Randy hatte eine grob animierte Skizze gedreht, wie das möglicherweise aussehen könnte: Gollum gelingt es, den Ring noch im Fallen zu erhaschen, packt ihn, drückt ihn an die Brust und stürzt in die Lava. Wir unterhielten uns lange darüber, wie diese Schlußszene wirken sollte und wie das Publikum den Tod dieser Figur wohl aufnehmen würde; vor allem machten wir uns aber Gedanken über das Ende des Rings.

Ich lag flach auf dem Rücken auf einem gepolsterten Gestell, damit Motion Capture und Referenzaufnahmen von oben gedreht werden konnten, und ich dachte nur: *Wie soll ich das spielen, ohne melodramatisch zu werden?* Es ist ein dramatischer Augenblick epischen Ausmaßes; dennoch muß man die tragische Situation, daß jemand in den Tod stürzt, so wahrhaftig wie möglich spielen. Eigentlich wollten wir es nur ausprobieren und sehen, was dabei herauskam, aber es war wirklich ein

schreckliches Gefühl! Erst die Regie von Fran, Philippa und Randy half mir dabei. Todesszenen sind sowieso schon teuflisch schwer zu spielen, doch das hier war die ultimative Todesszene, und ich bin mir nicht sicher, ob mein Anteil an dieser Einstellung wirklich gut genug war.

Mit dem Gewinn eines Saturn Award der Academy of Science Fiction, Fantasy und Horror kam es endlich zu der ersten formellen Anerkennung der schauspielerischen Leistung an der Rolle Gollums; ich freute mich außerordentlich. Der Preis symbolisierte wachsendes Verständnis und Respekt für die Arbeit eines Schauspielers auf einem völlig neuen Gebiet.

Eine Woche später erhielt Gollum einen MTV Award für die neue Kategorie ‚beste virtuelle Darstellung'. Ich zeichnete in Neuseeland meine Rede auf, bedankte mich bei MTV im Namen aller, die an Gollum gearbeitet haben, als plötzlich Gollum hereinplatzt, mir den Preis aus der Hand reißt, alle beschimpft und den Preis für sich beansprucht, für sich allein.

**Juni 2003**

Letzte Nachaufnahmen, neue Szenen und Motion Capture … zum … allerletzten … Mal.

Ich wohne in einem phantastischen alten Holzhaus in Breaker Bay gleich am Meer. Von einem Felsvorsprung am Strand aus kann man die schneebedeckten Berge von Kaikoura auf der Südinsel sehen. Zuhause ist Sommer, hier ist Winter. Es ist wunderschön. Vorige Nacht gab Philippa eine Dinnerparty, und viele Schauspieler kamen. Trauer macht sich breit, daß dies bald der Vergangenheit angehören wird.

Aber noch ist eine Menge Arbeit zu erledigen. In den Stone Street Studios herrscht Hochbetrieb. Selbst die kleinste Ecke ist mit Kulissen bebaut. Drei Teams arbeiten rund um die Uhr daran, diese Meisterwerke zu errichten, dann kommen wir und drehen, und dann reißen sie wieder alles ein, um Platz für die nächste Kulisse zu schaffen.

Das nächste Teil in dem sich ständig weiter entwickelnden Puzzle der Kinofilmerei besteht darin, Motion Capture am Drehort einzusetzen, *während man gleichzeitig mit den anderen Schauspielern den Film dreht!* Typisch Peter Jackson: Selbst auf den letzten Metern des Rennens läßt er nicht nach, sondern versucht, die Grenzen der Technik zu erweitern. Ich kann's kaum erwarten. Wenn das

funktioniert, dann wird all die Energie, die zwischen den Schauspielern fließt, gleichzeitig auf Film *und* in Pixel gebannt! Es wird faszinierend sein zu sehen, wie das Team der Computerwelt und das der Kamerawelt am Set koexistieren.

Beim ersten Einsatz am Set funktioniert das Motion Capture wie im Traum. Es gibt keine technischen Schwierigkeiten, nichts klemmt. In gewisser Weise bin ich froh, daß das ganz zu Anfang nicht so war, denn in all den Jahren unserer bisherigen Arbeitsweise floß, was wir ausprobierten, auch in Gollums Charakter ein. Doch nun beschleunigt sich der ganze Prozeß, und es wird für alle Abteilungen erheblich einfacher, die Einstellungen zusammenzutragen, und für Peter, die Szenen zu schneiden. Ich freue mich für all meine Freunde im Mocap-Team – Jahre harter Arbeit haben sie so weit gebracht. Natürlich sind sie sehr stolz auf diesen Erfolg.

Schließlich sind wir wieder am Anfang: Szene 558. Peter und Fran haben beschlossen, einen meiner ersten Drehtage nochmal zu drehen: die große Auseinandersetzung zwischen Gollum, Sam und Frodo oben auf dem Schicksalsberg. Die Szene ist jetzt erheblich besser, viel dramatischer, und unsere Figuren haben sich in den Jahren immens weiterentwickelt. Die Spannung, die sich zwischen Gollum und Sam aufgebaut hat, erreicht ihren Höhepunkt, der Kampf ist erheblich stärker motiviert und daher auch brutaler. Der zeitweilige Triumph, den Gollum über Frodo genießt, ist ungeheuer verwickelt und grausam.

*Gollum zu animieren war wie die Identifizierung mit einer Rolle, nur umgekehrt: Statt einen 500 Jahre alten Hobbit-Junkie zu studieren und mich in die Figur hineinzuversetzen, mußte ich feststellen, wie ein 500 Jahre alter Hobbit-Junkie mich studierte und mein Leben zu kontrollieren begann. Sechs Monate lang gingen, redeten, aßen und schliefen wir wie Gollum. Die Auswirkungen auf Kopf und Körper waren extrem. Einige von uns werden nun New Line Productions verklagen und kosmetische Chirurgie verlangen. Ich zum Beispiel würde ganz gern diese Glubschaugen und die Neigung, ständig schlucken zu müssen, wieder loswerden!*

*Mary Victoria, Creature Designer, Weta Digital*

Gestern abend war Viggo Mortensens (Aragorns) Abschied, der uns alle sehr rührte. Er wird von allen überaus respektiert. Als nächstes verabschiedet sich Ian McKellen, dann Sean, dann Dom und Billy, und nächste Woche dann Elijah und ich. Ich habe noch ein paar Mocap-Aufnahmen und Tonaufnahmen zu machen, und dann heißt es Bye-bye Neuseeland, bis Dezember, wenn wir uns alle hier in Wellington zur Weltpremiere von *Die Rückkehr des Königs* wiedersehen.

### Die Welt verändert sich …<br>ich spüre es in den Pixeln

In der Filmindustrie sind plötzlich alle Leute aufgeschreckt und versuchen, die Möglichkeiten zu nutzen, die in der Arbeit mit Motion Capture oder Performance Capture stecken. Regisseure, Produzenten und Schauspieler wie Tom Hanks und Robert Zemeckis arbeiten an Projekten wie *Polar Express*, und es sieht ganz so aus, als eröffnete sich eine Schöne Neue Welt, in der neue Technologien endlich nicht dazu benutzt werden, sich selbst zu feiern und die Kunst zu beherrschen, sondern sich von der Kunst selbst leiten zu lassen.

Im Kino geht es ebensosehr um die Entwicklung der Technik wie um das Geschichtenerzählen, doch eine Zeitlang fehlte den effektgeladenen Filmen sehr viel Menschlichkeit; aus diesem Grunde gibt es nun eine Bewegung, die das Gleichgewicht wiederherzustellen versucht. Peter Jacksons Vision, seine Fähigkeit, Grenzen zu erweitern, und seine Hingabe an das Erzählen von Geschichten, in denen Figuren mit echten Gefühlen erscheinen, wird meiner Meinung nach das Filmemachen für immer verändern.

Auch für die Schauspieler sind aufregende Zeiten angebrochen. Performance Capture, also Mocap *während* der Filmaufnahmen, wird immer häufiger eingesetzt und immer weniger aufwendig werden und wird die Reinheit der Darstellungskunst bewahren. Wie ich festgestellt habe, erfordert diese Technik saubere, wahrhaftige Schauspielkunst – keine Kostüme, kein Set, kein Make-up –, bietet dafür aber eine unendliche Vielfalt an Charakteren, die buchstäblich auf die Interpretation einer Rolle übertragen werden kann.

Als wir mit Motion Capture für *Die zwei Türme* beschäftigt waren, kamen eine Reihe von Vertretern der ‚Industrie' vorbei, und einige davon sagten zu mir: „He, Andy, ich glaube, hier wird Kinogeschichte gemacht." Ich pflichtete ihnen höflich bei, ohne mir weiter was dabei zu denken, kroch dann wieder auf meinen Fels und drehte die nächste Einstellung. Seit der Film aber draußen ist und ich die Reaktion der Filmgemeinde bemerke, habe ich schon den Eindruck, als hätten wir gemeinsam Pionierarbeit geleistet bei dem Versuch, Schauspielerei mit Animation und Digitaltechnik zu vereinen, und das finde ich sehr befriedigend. Remington Scott, der Mocap-Supervisor bei *Die zwei Türme*, nennt dies ‚die Schauspielerei des 21. Jahrhunderts', und doch hat man den Eindruck, daß sie sehr eng mit den alten Bühnen des Theaters, der Puppenspielerei, ja selbst dem Geschichtenerzählen rund ums gute alte Lagerfeuer zu tun hat.

*Vor der DVD-Ausgabe der* Gefährten *diskutierten wir kurz darüber, ob wir nicht den ersten Gollum herausnehmen und durch die neue Andy-Serkis-Version ersetzen sollten, doch wie sich herausstellte, waren wir mit der Arbeit an* Die zwei Türme *derart beschäftigt, daß wir keine Möglichkeit mehr sahen, das auch noch in unseren Terminplan einzubauen. Gut möglich allerdings, daß wir das tun werden, wenn es in ein paar Jahren eine DVD-Box geben wird. Das Problem dabei ist nur, daß sich die Computertechnik bis dahin weiterentwickelt haben wird und Weta Digital dann alle Gollum-Einstellungen überarbeiten wollen wird, wahrscheinlich alle Trickeinstellungen in der ganzen Trilogie. Vielleicht werden wir eines Tages so etwas wie eine Überarbeitung zum 25. Jubiläumsjahr herausbringen und alle Effekte in den drei Filmen überarbeiten. Wer weiß, was die Technik bis dahin alles kann?*

Peter Jackson, *Regisseur*

NACHWORT

# *Die Guten, die Bösen … und der Schatz*

*‚Viele die noch leben, haben den Tod verdient. Und manche, die sterben, hätten das Leben verdient. Kannst du es ihnen wiedergeben? Also sei auch nicht zu leichtfertig mit dem Todesurteil! Denn selbst die Weisesten können nicht sehen, wie alles ausgehen wird. Ich habe nicht viel Hoffnung, daß Gollum noch geheilt werden kann, bevor er stirbt, doch eine geringe Aussicht besteht noch. Und sein Schicksal ist mit dem Schicksal des Rings verknüpft. Mein Herz sagt mir, daß er, ob zum Guten oder zum Bösen, am Ende noch eine Rolle spielen wird.‘*

Sméagol tötete Déagol um des Ringes willen. Die Folgen dieser Tat veränderten sein Leben für immer, und die Freude, die er aus dem ‚Schatz‘ gezogen haben mag, war nur von kurzer Dauer und verwandelte sich bald in seine persönliche Hölle auf Erden. Würde Sméagol heute unter uns leben, würde er lebenslänglich bekommen – welche Meinung hätten wir dann von ihm?

Es ist so einfach, diese Menschen als Ungeheuer zu betrachten, als böse Menschen, die anders sind als wir, und genau darin liegt meiner Meinung nach die Gefahr – die Gefahr, sich als etwas Besseres zu fühlen. Frodo will genau dies tun, doch Gandalf mahnt ihn zur Zurückhaltung. Dadurch wird er zu Mitleid mit Gollum fähig, der ja tatsächlich eine Rolle spielt – wenn auch vielleicht nur unabsichtlich –, indem er den Ring seinem letzten Ziel zuführt und so Mittelerde rettet.

Was würden Sie tun, wenn Sie den Ring hätten? Stellen Sie sich vor, Sie hielten den mächtigsten, machtvollsten Gegenstand in Händen, der je geschaffen wurde und der in der Lage ist, Ihre größten Wünsche zu erfüllen. Hätten Sie die Kraft, diesen Gegenstand zu vernichten? Würden Sie versuchen, ihn zu zähmen? Würden Sie versuchen, ihn zu benutzen, um das zu bekommen, was Sie schon immer wollten, oder würden Sie versuchen, ihn als Mittel einzusetzen, um ein solches Ziel für Ihre Familie oder Ihr Land zu erreichen? Das sind einige der großen Themen, die im *Herrn der Ringe* angesprochen werden, und deshalb weigert sich Tolkien ja auch, sich auf bestimmte historische Ereignisse festnageln zu lassen. Ich glaube, er überträgt wie viele große Autoren die moralische Verantwortung auf den Leser und überläßt ihm, die Frage selbst zu beantworten.

Ich hoffe, daß all das, was ich als Schauspieler getan habe, in Einklang mit Tolkiens Philosophie steht.

Ich glaube, eine meiner Beobachtungen, mit der ich am wenigsten gerechnet hatte, war die in bezug auf mich selbst: Zu Beginn dieser langen Arbeit an der Figur dachte ich noch, ich würde eine derart extreme Gestalt spielen, die so weit weg ist von mir, daß ich mich in aller Ruhe hinter den charakteristischen Merkmalen verstecken könnte – hinter der Stimme und den körperlichen Verrenkungen. Tatsächlich aber finde ich, daß ich trotz der Tatsache, daß ich zum größten Teil in Pixel verwandelt worden bin, im Laufe der Zeit mehr von mir selbst in diese Rolle gesteckt habe als in irgendeine andere, die ich je gespielt habe.

Diese Filmerfahrung hat in vielerlei Hinsicht mein Leben verändert. Als Schauspieler erhält man nur sehr selten die Gelegenheit, an einem Film mitzuarbeiten, bei dem man mit den Kollegen auf derart sorgfältige und höchst kreative Art und Weise über eine derart lange Zeit zusammenarbeitet und -lebt. Man hat nur selten die Gelegenheit, in einem der schönsten Länder der Welt zu arbeiten, das von so überaus liebenswürdigen Menschen bevölkert ist. Und man arbeitet nur sehr selten mit Drehbuchautoren von derart großer Integrität und einem Genie von Regisseur zusammen. Die Dreharbeiten an der Trilogie *Der Herr der Ringe* waren all dies.

Das war's. Ich habe nun all die geheimen Gedanken dieses verkorksten, vor den Cyber-Thespiskarren gespannten Verstandes gebeichtet, und nun ist die Zeit gekommen, die Akte Gollum beiseite zu legen und Platz zu schaffen für ein anderes Phantasiegeschöpf.